世界少年经典文学丛书

顽皮的孩子

[丹]安徒生　著

刘　伟　编译

中国出版集团　现代出版社

图书在版编目（CIP）数据

顽皮的孩子／（丹）安徒生（Andersen, H.C.）著；刘伟编译. —北京：现代出版社, 2013.1

ISBN 978 - 7 - 5143 - 1276 - 8

Ⅰ. ①顽… Ⅱ. ①安… ②刘… Ⅲ. ①儿童诗歌 – 散文诗 – 丹麦 – 近代 Ⅳ. ①I534.82

中国版本图书馆 CIP 数据核字（2013）第 022113 号

作　　者　安徒生
责任编辑　李　鹏
出版发行　现代出版社
通讯地址　北京市安定门外安华里 504 号
邮政编码　100011
电　　话　010 – 64267325　64245264（传真）
网　　址　www.xdcbs.com
电子邮箱　xiandai@cnpitc.com.cn
印　　刷　三河市嵩川印刷有限公司
开　　本　700mm × 1000mm　1/16
印　　张　9
版　　次　2013 年 2 月第 1 版　2021 年 8 月第 3 次印刷
书　　号　ISBN 978 - 7 - 5143 - 1276 - 8
定　　价　29.80 元

序　言

　　孩子是未来的希望，是父母心中的天使，是充满快乐的精灵。小学阶段更是孩子最快乐的时光，是孩子成长发育的黄金阶段。为了让孩子学习更多的课外知识，享受更加丰富的学习乐趣，我们策划了本丛书！

　　从小让孩子多读课外书，对培养孩子健康的心态和正确的人生观无疑将起着非常重要的作用。自《语文课程标准》公布以来，不少富有敬业精神、有才干的教师，在他们的教学中，担当起阅读教育的重担。他们在严谨的选材中，利用丰富的文学资源，向学生推荐了大量优秀的课外读物，实施了以"练成阅读和作文的熟练技能"为重要内容的阅读教育。大千世界充满了丰富的知识。阅读能丰富小学生的语文知识，增强阅读能力，提高写作水平，开阔视野，增长智慧。阅读本丛书，能够使孩子享受到阅读的快乐，激发起更浓厚的阅读兴趣，孩子的生活将充满新的活力与幸福！本丛书精选了世界名著和中国经典书目中流传最广、影响最大、最脍炙人口的作品，是培养小学生理解能力、记忆能力、创造能力的最佳课外读物。

　　最后需要指出的是，本丛书把世界上流传甚广的经典童话、寓言等也尽收其中，并将这些文学作品重新编写审订，使作品在不影响原著的基础上更适合少年儿童阅读，在丰富他们课余生活的同时提高语言和文字表达能力。本丛书通过科学简明的体例、丰富精美的图片等有机结合，使小读者不仅能直观地领略作品的精髓，而且还能获得更为广阔的文化视野和愉快体验。希望本丛书能成为孩子生活的一缕阳光照亮孩子前进的道路，能成为一丝雨露滋润孩子纯净的心灵。

编　者

目 录

顽皮的孩子　1

一个豆荚里的五颗豌豆

从前，有五颗豌豆共同生活在一个豆荚里，它们的肤色和豆荚一样都是绿色的，所以它们觉得豆荚以外的整个世界也肯定都是绿色的，它们能够得出这个结论也是非常自然的。这些豌豆随着豆荚的长大也一天天成长，它们根据自己的喜好坐成一排。太阳普照着大地，晒暖了豆荚，而雨水一来，则会把它冲洗得清新透明。白天里温暖舒适，夜晚里阴暗潮湿，这对豌豆们而言和平时没什么不同，豌豆们坐在那里汲取着各种养料越长越大，总是思考着如何能变得更聪明，它们觉得应该找些事情锻炼锻炼自己。

"难道我们就这样一直死气沉沉地坐着等吗？"一颗豌豆问，"难道我们只能忍受这如此没趣的呆坐？我认为外面的世界一定是很丰富多彩的，肯定会有一些事情需要咱们去做的。"

一周又一周过去了，豌豆变黄了，豆荚也变黄了。

"我觉得整个世界一定也变黄了。"它们说，它们自以为是正确的。

忽然它们感觉豆荚被狠狠一拉，就被人类从豆藤上摘了下来，并紧紧地握在手里，随后和其他饱满的豆荚一起被装进了一件外衣的口袋里。

"我们现在马上就可以看到外面的世界了啊。"一颗豌豆说，这正是它们梦寐以求的。

"我很想弄清楚，我们之中谁旅行得最远呢，"五颗豌豆中最小的一颗说，"这个问题的答案我们很快就会知晓。"

"该发生的事情终究会发生。"最大的一颗豌豆说。豆荚爆开时"啪"的一声，五颗豌豆一起落进了明亮的阳光中。它们落在了一个孩子的手里，一个小男孩死死握住它们不放手，并把它们当作了射豆枪的子弹。他立刻装上了一颗，射了出去。

"现在我就要飞到广阔无垠的世界里去实现我期待已久的旅行了，"一颗豌豆说，"谁有本事就来抓住我吧。"一瞬间它飞向远方。

"我，"第二颗豌豆说，"我要飞到太阳上去，让每个人都看到一颗豆荚，嘿嘿，这正好适合我。"它飞走了。

"我们就随遇而安吧，飞到哪里就在哪里下榻吧。"最后剩下的两颗豌豆与世无争地说，"但是我们还是先去前面瞧瞧吧。"在它们被装进射豆枪之前，正好如它们所愿地落到了地板上，过了一会儿，它们又被装进了射豆枪。"我们会比它们飞得更远的。"它们说。

"要发生的事迟早要发生。"最后一颗豌豆从豆枪里射出来时说，说话间它已经飞到顶楼窗下的一块旧木板上了，落到一个长满青苔和堆满软泥的小缝隙里。青苔在它四周围绕，它待在那里如同一个被困住的囚徒，但上帝并没有因此而抛弃它。

"要发生的事迟早要发生。"它心里仍然反复重复着这句话。

住在这小顶楼里的是一个贫穷的女子，她出去打扫炉子、劈木柴，总是做一些诸如此类的工作，她强壮并且十分勤劳，但是，她却一直很贫穷，家里还有一个人躺在床上，那是她唯一的女儿。她身体不好，终年卧床不起，看上去跟死人没有什么区别。

"她快要去找她的小姐姐去了，"那女人说，"我生过两个孩子，可把她们两个都养活，真是难上加难，但仁慈的上帝帮了我的忙，夺走了其中一个，将她抚育。如今我非常高兴抚养着剩下的一个，可我总觉得两姐妹无论如何都不能分开，我生病的这个女儿很快也就要到天堂了，到她姐姐那里去。"可这个生病的女孩仍然顽强地活着，整天一丝不动地躺着，她的母亲不得不为了生活而离家谋生去。

春天的一个早晨，阳光明媚地透过小窗子投在了房间的地板上。适逢母亲准备出去干活的时候，病榻上的女孩目不转睛地盯着窗子最下面的一块玻璃窗，说："妈妈，窗子上朝里面生长的那绿色小东西是什么呢？它在风里摇来晃去的。"

母亲走到窗子前，将窗子打开一看。"噢！"她说，"是一颗生了根，长着绿叶子的小豌豆芽儿。它怎么会在这里生根发芽继续生长呢？不过也好，这样一来，就会有一个小花园帮你散散心啦。"说完，生病女孩的床被移到了窗口，如此她就能更清楚地看到那发芽的植物，母亲也安心地干活去了。

"妈妈，我觉得我一定会早日康复的。"生病的女孩在夜里默念着，"今天太阳照进来很亮很温暖，小豆苗长得非常好；我也会渐渐好起来的，总有一天我会再回到外面温暖的阳光里去的。"

"但愿上帝保佑！"母亲说，但她却无论如何也不可能相信她那可怜的小女儿还能重新好起来。不过，这颗小豌豆既然给了她孩子如此美好的生存希望，她便细心地用一根小棍子将那颗绿色植物支撑起来，这样一来她就不用担心它会被风给吹断了。她还在窗台上拴了一根细绳儿，将它牵到窗框的上面，以便让这颗豌豆的卷须能够绕着向上爬。卷须已经爬上去了，这颗豌豆确实在一天天长大。

"如今这里确实要有一朵花了。"有一天母亲说，而如今她终于开始急切地盼望着她生病的女儿能真正好起来，好得像个健康人一样。她想起这孩子近些天来很快活，甚至这几天早上，她竟然可以从床上坐起来了，用她明亮的眼睛去欣赏着她的这个小花园，尽管里面只有一颗豌豆。一周过后，从来卧床不起的小女孩儿竟然能稳稳当当地坐上整整的一个钟头了，她靠近打开的窗户，在温暖的阳光里尽情享受着快乐，那颗小豌豆，也正盛开着美妙无比的粉红色豌豆花瓣。小姑娘弯下腰去轻吻着那些细嫩的花瓣。这一天对她来说仿佛是一个盛大的节日。

"是慈悲的上帝为她种了这颗豌豆，让它在这里生长、开花，将无尽的快乐带给她，将希望带给我唯一幸存的孩子。"母亲愉快地说，她像对着上帝派来的天使一样对着这只花朵微笑。

可是其他几颗豌豆的命运和前途又怎样了呢？飞到广阔世界去，说"你有本事就来抓住我吧"的那颗豌豆落在了一座房子屋顶的水槽里，被一只鸽子当作美食，从而结束了它的理想旅程。另外两颗懒洋洋的豌豆也只走了没多远，它们像上面那颗可怜的豌豆一样也被鸽子吃掉了，不过它们毕竟还是为世界做了一点贡献。至于第四颗，它梦想着要飞到太阳上去，却最终落进了一个污水池子里，在污水里躺了很多天，好几个星期，直到涨得肥肥大大、臃肿无比时，最终腐烂在无人问津的池子里了。

　　"我太胖了，"这颗豌豆说，"早晚有一天我会胖得把自己的表皮撑开，一颗豌豆的价值也不过如此了，在我们五颗豌豆兄弟里，数我最了不起了。"它的想法和污水里的豌豆完全相同。

　　小姑娘站在打开的顶楼窗口，眼睛闪亮闪亮的，脸颊也逐渐变得健康红润起来，在豌豆花上合起瘦削的双手，感谢上帝为她所做的一切。

衬衫领子

很久以前有一位漂亮的绅士，他所有的财产只有一个脱靴器和一把小梳子，但他却有这世界上最好的衬衫领子。我们现在要听的就是关于这个衬衫领子的故事。

衬衫领子的年纪已经很大了，已经不得不考虑结婚的问题了。事情又十分凑巧，那天他和袜带在一块儿被混在水里洗。

"我的天啊！"衬衫领子兴奋地说，"我从来没有见到过这么苗条和细嫩、迷人和温柔的人儿。请问尊姓大名？"

"这我不能告诉你！"袜带骄傲地说。

"你府上在哪儿？"衬衫领子穷追不舍地问。

这条袜带是十分害羞的，要回答这样的一个问题，她觉得非常非常困难。

"我想您是一根腰带吧？"衬衫领子说，"一件内衣的腰带！亲爱的小姐，我能看出，你非常非常有用，可以做装饰品！"

"你就不应该和我讲话！"袜带愤怒地说，"我想，我没给你充足的理由叫你这样做！"

"咳，您这么美丽的人儿，"衬衫领子说，"就是充足的理由了。"

"请不要靠得离我太近！"袜带说，"你像是一个男人！"

"我还是一个非常漂亮的绅士呢！"衬衫领子说，"我拥有一个脱靴器和一把小梳子！"

这都是假话，这两件东西都是属于他的主人的。他只不过是在吹牛皮罢了。

"请不要离我太近！"袜带不屑地说，"我不习惯您的这种行为。"

"这简直就是在装腔作势！"衬衫领子愤怒地说。这时候他们就从水里被夺了出来，上了浆，被挂在一张椅子上面晒，最后就被拿到一只熨斗板上。现在，一只滚热的熨斗来了。

"太太!"衬衫领子赶忙说，"亲爱的太太，现在我感到有些热了。现在我变成了另外一样东西;我身上的皱纹全没有了。你烫了我的身体，噢，我现在要向你求婚!"

"你就是个老破烂!"熨斗这样说着，很骄傲地从衬衫领子上走过去，她觉得自己像是一架火车头，拖着长长的列车，从铁轨上飞驰过去。

"你这只老破烂!"熨斗不屑地说。

就这样衬衫领子的边缘上稍稍有些破损。于是有一把剪纸的剪刀就能把这些破损的地方剪平。

"哎呀!"衬衫领子激动地说，"你一定是一个芭蕾舞舞蹈家!看，你的腿伸得多么直啊!我从没见过这样优美的人儿!世界上没有谁能模仿你啊!"

"这一点我是知道的!"剪刀说。

"你一定配得上做伯爵夫人了!"衬衫领子高兴地说，"我所有的财产是一位漂亮绅士、一个脱靴器和一把梳子。我只希望再拥有一个伯爵的头衔!"

"难道你想求婚不成?"剪刀愤怒地说。她生气了，结结实实地剪了他一下，弄得他复原不了了。

"我觉得还是向梳子求婚得好!"衬衫领子说，"亲爱的姑娘!你看你把那牙齿①保护得多么好，这太了不起了。你从没想到过订婚的问题么?"

"当然想过，你知道的，"梳子说，"我已经和脱靴器订婚了!"

"订婚了!"衬衫领子诧异地说。

现在他再也没有向别人求婚的机会了，于是他瞧不起爱情这东西。

很久以后，衬衫领子来到了一个造纸厂的箱子中。周围有一堆烂布朋友：精细的跟精细的在一起，粗鲁的跟粗鲁的一起，真是物以类聚。在这儿他们要讲的事可真多，而且衬衫领子要讲的事情是最多的，他是一个很可怕的吹牛大王。

---

①　即梳子齿。

"曾经我有过一大堆情人！"衬衫领子骄傲地说，"我连半点钟安静都没有！我是一个漂亮的绅士，一个上了浆的人儿。我既有脱靴器，还有梳子，但我从来不用它们！你们应当看看我那时候的样子，看看我那时候不理人的神情！我永远也不能忘记我的初恋——一根腰带。她是那么纤细，那么温柔，那么迷人！她居然为了我投到一个水盆里去！但后来又有一个寡妇，她火热，然而我没有理她，直到她满脸青黑为止！接着又来了个芭蕾舞舞蹈家。她狠狠地给了我一个创伤，到现在却没有好——她的脾气太坏了！我的那把梳子倒是十分钟情于我，因为失恋她把牙齿都弄得脱落了。是的，像这样的事儿，我是一个过来人！但那根袜带最使我感到难过——我是说那根腰带，她居然为我跳进水盆里去，使我的良心感到十分不安。我现在宁愿变成一张白纸！"

事实也正是如此，所有的烂布片全都变成了白纸，但衬衫领子却变成了我们现在所看到的这几张纸——这个小故事就是在这几张纸上被印出来的。事情就得这么办，这完全是因为他喜欢把没有的事瞎吹一遍的原故。这一点我们必须记清楚，以免我们使出同样的事情来。因为我们并不知道，有一天我们也会来到一个烂布箱中，被制成白纸。而在这纸上，我们的全部历史，甚至最秘密的事也会被印刷出来，最终我们就不得不像这衬衫领子一样，到处在讲这个故事。

铜　猪

在美丽的佛罗伦萨，有一个非常漂亮的大公爵广场，人们一般没什么事的时候都会坐在树荫下的长凳上聊天、看报纸。花坛里通常是繁花似锦，经常散发着浓郁的芳香。在广场的中心有一只充满了艺术美感的铜猪，不过它不是金黄色的，因为已经经历了许多年的缘故，现在已然在岁月的洗礼下变成了墨绿色。它的下半身连接着地下的自来水管道，因此嘴里能够不断地喷出一股股新鲜清凉无比的水柱。铜猪的鼻子非常亮，就好像有人特意给擦亮了一样。事实上也的确是这么一回事，每天都会有几个孩子或是已经落魄的乞丐抓住它的鼻子，将嘴巴凑上去喝水的。凡是来佛罗伦萨世界各地的游客，只要向他遇到的第一个乞丐询问那个铜猪的景点在什么地方，就会非常容易找到它。要是他们到这里来，说不定会看到一个不懂世事的孩子光着小屁股紧紧抱着这只有些肥胖的铜猪的，将自己鲜红的小嘴唇凑到它嘴巴上的情景，这实在是大自然中一幅非常优美生动的画面。

这是一个十分寒冷的冬天，高高的山顶上盖满皑皑的白雪。公爵广场上的树木也只剩下光秃秃的枝干了，花坛里的各种花儿现在也都枯萎了，只有一千多株生长在冬天的玫瑰还在盛开着，这些漂亮的花儿给这个有时略显寂寞的广场带来了一些生机。有一个穿着破烂衣衫的穷孩子在这里已经整整地坐了一天了，他长得非常的漂亮，脸上还一直挂着微笑。其实他一天也没有吃东西了，没有一个好心人施舍给他一点儿食物，或者给他一个铜子儿，他现在实在是又饥又渴。天渐渐黑了，月亮升起来了，惨淡的月光照着这里所发生的一切，如今他不仅感到非常的饥饿，而且还感到特别的冷。看守花园的人每当晚上要关门之前，都会在院子里好好地巡查一遍，最后也把他赶出来。他朝着远处那只铜猪走去，因为他现在实在是没有第二个地方可去了。他半跪在铜猪面前，双臂非常亲切地搂住它的脖子，将干裂的嘴唇凑到了铜猪的嘴上，喝了几口冰冷的水，在离这儿不远的地上有几片别人不要的生菜叶和几个栗子，这些东西暂时抚慰了一下小男孩早已饥饿难耐的肚皮。广场上非常的寂静，好像只有他一个人了。他爬到铜猪身上，头靠在它的脑袋上，身子躺在猪背上，不久就进入了梦乡。

　　现在已经是深夜了，小男孩趴在猪身上正睡得非常的香甜。他好像感觉铜猪动了一下，接着很清晰地对他说："嗨，小男孩，你可一定要坐稳啦！我要跑了！让我带着你去其他的地方玩一圈吧。"事实上它也真的驮着他跑了起来。这是一次不同寻常的旅行。他们首先在广场上转了好大一圈，大公爵前面的高大铜马在一个劲儿地嘶鸣；米开朗琪罗雕刻的大卫不断地挥动着他手中的皮带；萨比尼人被别人摧残得发出了一阵阵令人感到无比凄惨的哀叫声；老市政府门框上的市徽上也射出了色彩缤纷的光芒，就像透明的图案。这里的一切都重新获得了生命，使这个广场一下子变得也不那么孤寂了。

　　铜猪带着他离开广场一直朝前面跑去，没过多长时间，他们在一个绘画陈列馆侧门的拱道下停了下来，这个绘画馆在那个地方是非常有名气的，里面陈列着各个年代不同背景、人物的绘画，以前的贵族老爷们每到狂欢节的时候都会不约而同地选择到这里来好好地庆祝一下的。

　　"快抱紧我，我们要爬上楼去了。"铜猪对小男孩说。小男孩当时感到非常的惊讶，但是心里也很高兴，可他也不知道该说些什么好，只好默默地不出声，静观其变。

　　他们来到一条长长的走廊里，墙壁上挂着好多美丽的画儿：有花草的、动物的，还有一些著名人物的全身像和半身像。壁画的两旁都有各种形态的壁灯，明亮的灯光照射着它们，就和白天一样，眼前的一切都看得非常清楚。这个地方小男孩曾经来过的，因此感觉也非常熟悉。他仔细地欣赏着每一幅画，走廊两侧的房门都敞开着，当他在一个非常大的房间经过时，被里面的一切惊呆了，里面立着一个维纳斯的大理石巨大的雕像，他曾看过这尊雕像，但是在今天这个非常特别的夜里，他觉得她和以前相比明显地不同寻常、更加壮丽了。

这是一位裸体的妇人，是这个世界上最有天赋、最伟大的艺术家将她塑造出来的，她美得难以用我们人类的任何语言来形容，丰满的肢体在轻柔缓慢地移动，海豚围在她脚下非常兴奋地跳跃着，它们以能够陪伴在这位美丽女神的左右而感到无比的光荣和自豪。她的旁边立着许多大理石雕像，都是一些裸体男子，他们个个都身强体壮，相貌俊朗，有一个叫磨剑人，因为他正在石头上磨着一把十分锋利的长剑，其余的那些石像都是一个系列的，他们看上去就好像是一群非常勇猛的武士，同样也在磨着自己手中的剑，他们都想将剑磨得越锋利越好，因为在他们之间不久就要展开一场你死我活的搏斗了，他们唯一目的都是想要拥有这位美丽而神圣的女神。

现在仿佛墙上的一切都有了生命似的，散发着五彩缤纷的光彩，一切显得都非常的壮观，小男孩感到眼前的这一切实在是太出乎他的意料了，觉得太惊讶了！维纳斯经过著名画家的精心装扮，现在不仅美丽、丰满，还充满了激情，在她的两旁分别站立着一位裸体女人的画像，她们都是身体非常娇小柔美的那种，半躺在非常漂亮柔软的垫子上，棕色长发一直盖住了她们圆润的肩膀，一直到她们一起一伏呼吸非常的有规律的胸脯上，两只眼睛都是那么的明亮有神，流露出她们现在内心的无比炽热的感情。美丽的女神、强壮勇敢的武士和磨剑人全都一下子走出了他们以前待的画框，其他所有的画还是都在原位上，因为圣·约翰还有圣母·耶稣在这里，他们已经不再是神圣的画像了，而是名副其实有血有肉的神，他们在这里监督着这些画像，因此他们是不敢轻易越雷池半步的。

从一个房间到另一个房间，有完全不同的精彩场面和不同的美丽景象。铜猪驮着他从每一幅画面前走过，小男孩将所有的东西都很仔细地看了一遍，由于实在是太多了，前一幅画中所发生的一切总是会被下一幅画的印象所代替，有一幅画上有好多孩子，他们天真可爱的小脸上始终绽放着非常满意的幸福，他们给他的印象也是最为深刻的，在他的心里深深生了根，在白天里，他从这些孩子面前经过时，还经常会对他们点头微笑呢。

基本上是没有几个人在这幅画前停留的，由于他们完全无法领悟其中的真谛。这幅画的作者其实就是大名鼎鼎的安季奥罗·布龙切诺，他出生

于佛罗伦萨，他表现的内容是救世主怎样走向地狱，因此围在他周围的都
是一些臭名昭著的邪教徒，而并非是一些受苦受难的苦难者。里面的孩子
觉得自己一定能够步入那令人无限向往的天堂的，到上帝身边是一件无比
欣慰的事情。他们自信的表情也是画中最美丽的一部分。两个小孩子快乐
地互相拥抱在一起，其中的一个还朝站在下面的那个伸出了手臂，仿佛在
说："我要去上帝那里了!"年龄大的孩子站在那儿不知所措，做过善事
的会充满希望，做过错事的就会在耶稣的面前羞愧地垂下头。

小男孩在这幅画面前站了好长一段时间，他非常仔细认真地观看着，
揣摩着作者可能给参观者带来的一切意图，正当他看得入神时，突然听到
一声非常轻微的叹息，小男孩不知道是从画里发出的，还是从铜猪嘴里发
出的，他朝那些快乐幸福的孩子们举起手敬了个礼，这时，铜猪又驮着他
跑了起来，一直跑到了绘画陈列馆的大门口。

"哦，可爱的铜猪，谢谢你带我来这里，我真诚地祝福你永远快乐!"
小男孩说着还特别友善地拍了铜猪几下。铜猪听后心里也非常地高兴，就
砰砰地飞快地跳下了台阶。

"我也要谢谢你，而且也祝你永远的幸福!"铜猪也非常爽朗地说，
"我们也算是互相帮助了。因为只有像你这样天真可爱的孩子骑在我背上
时，我才会有不停飞跑的愿望和力量。你难道没有发现吗？我这时还是站
在圣母画像前面那盏灯的无限光芒里。我能够带你去你想去的地方。教堂
的门是一直敞开着的，但我根本无法走进去。然而，只有你一个人在我
背上，我站在大门外面就能够看见教堂里的一切东西的。请你不要离开
我，如果你从我背上溜掉的话，我就会停在这里最终死掉，就好像你白天
在大公爵广场看到的那个样子。"

"哦，你实在是太可爱了，我怎么会舍你而去呢？"小男孩十分欢快
地说。

铜猪驮着小男孩穿过佛罗伦萨非常著名的街道，迅速地向圣·克鲁采
教堂跑去了。

教堂的门同样也是敞开的，祭坛上的油灯里还点着特别贵重的松油
脂，它的光芒照射在墙壁上神像身上，一直射到外面十分寂静的广场上。
教堂的左边是一群墓地，著名天文学家和物理学家伽利略的坟墓就在这个

地方。墓碑事实上是非常普通的，上面有一个纹章，一直不断地发出强烈的光芒，它的四周飘动着无数亮晶晶的星星，形成了一个非常迷人的光圈。一架用绿色衬底的红色梯子也放射出了特别耀眼的光芒，就好像是滚沸的热水一样。绿地上的红梯子能作为纹章的内容是有非常重要的意义的，它代表和象征着人类伟大的艺术，艺术要提升到非常高的境界，就得需要一个非常漫长的过程，就好比人去爬梯子一样，要慢慢地向上攀登，而所有的艺术家在离开这个世界之后，他们的灵魂同样也需要这样的一个梯子才能够最后升到天国中去。

教堂的右边并列放置着许多刻满花纹的大小不等的石棺，而且每个上面都有一个大理石雕刻的半身像，他们都是一些在人类的历史上赫赫有名的人物，有头顶桂冠的大诗人但丁、著名的政治家马基雅弗里、阿尔菲爱里，还有雕刻家米开朗琪罗，在这午夜时分，这些巨大的石像忽然间好像一下子都有了生命似的，他们衣服随风飘动，头抬得很高很高，眼睛凝视着闪着光芒的教坛，风琴也在一旁奏起了非常悠扬的乐曲，一群天使捧着金制的香炉在歌咏着让人们感到无限美好的圣诗，浓郁的香烟飘出了教堂，也飘到了非常寂静的广场上。这座教堂十分的华丽，尽管没有佛罗伦萨的大理石教堂那么的宽大宏伟，但要更美丽。

小男孩高兴地打算伸出双手拥抱这些闪耀着的光芒，可铜猪又开始不知疲倦地奔跑了起来，他不得不紧紧地抱住它。教堂的门关上了，因为他已经听到了门上的枢轴发出了"嘎吱"的声音，风儿从他身边呼啸而过，他现在感觉到非常冷，接着就一惊地醒了。

天已经大亮了。铜猪仍旧还是在大公爵广场上站着，小男孩仍然是骑在它的背上，可他基本上马上就要滚下来了。这时，他想起了那个他称为"妈妈"的女人，浑身上下情不自禁地颤抖了起来，他非常害怕她。昨天就是这个女人叫他出来要钱的，但他连一个铜子也没有弄到，也没讨到一点儿好吃的东西，自己还饿了一整天，他麻利地滑下了猪背，双臂抱住它的脖子，吻了吻它的大鼻子，接着又向它敬了个礼，吹着口哨悄悄地离开了。他走进一条窄得仅能走过一条毛驴的街道。从一扇锈蚀的已经不成模样的大门缝溜了进去，院子里有一段砖铺的非常简陋的楼梯，一根光滑的绳子便是它唯一的扶手，两边的墙上满是油渍、污迹，简直是肮脏透顶了。他上了楼梯，径直来到阳台上，许多已经很是破旧的衣服正晾晒着。从这里的楼梯下去就可以到达下面的院子，院子里有一口大水井，人们在井的里面固定了许多钢丝通到各个楼层上去，许多水桶依次悬挂在上面，当人们需要用水的时候，摇动那些钢丝，水桶就会很自然地下降到井中去，打完水后在空中摇摇晃晃的要好一阵子，洒得院子里到处都是水，等再回到楼上时，几乎也就所剩无几了。这座楼是一座年代很久很久，即将要拆迁废弃掉的砖楼，两个俄国人模样的水手有说有笑地走下了楼，他们好像没有看见走上来的小男孩一样，差点把他撞倒在地，他们在这里寻欢作乐了一整夜，现在正要回到自己的船上去。一个年轻的、又胖又丑的女人送他们一起下了楼。

"你带回来什么东西了？"那个女人满脸怒容地问战战兢兢的小男孩。

"请您不要生气，妈妈。"小男孩哀求着，"我连一个铜子都没有讨回来，还在外面足足饿了一天一夜，什么东西也没带回来。"他跪在地上紧紧地抱住"母亲"的大腿。母亲愤怒地一把甩开了他，返回了自己的屋里，小男孩也尾随其后走了进来。

我不想再去具体描写这个房间了，因为你大概能够想象得出来里面的样子的。不过这里面有一件东西却是非常特别的，还是要描述一下的，它的名字叫火钵，就是一个钵子，里面可以烧炭，破破烂烂的，还有一个把手儿，冬天的时候人们可以用它来取暖的。那个非常凶的女人非常生气地坐在两旁的沙发上，双手捧着火钵，温暖着自己的手指。小男孩站在她身旁，她用胳膊推了一下小男孩，然后又搂住他说："不要骗我了，快把钱交出来，否则我真要揍你。"

小男孩被吓得大哭了起来，那个凶女人狠狠地踹了小男孩几脚，他的哭声和疼痛的声音变得更大了。

"别哭了，真是烦死人了，如果你再哭的话，我就把你的小脑袋打开花！"她说着，举起手中的火钵朝那个小男孩的身上扔去，火钵擦过小男孩的头咂啷一声砸到了离他不远的地上，他的哭声更大了。附近的邻居听到哭闹声走了进来，她的手中也同样捧着一个火钵。

"噢，上帝啊！菲丽姬达，你怎么把孩子打成这样了！""这是我的孩子，不关你的事，只要我愿意，我都可以打死他，同样也能打死你，贾妮娜！"菲丽姬达说完，还真举起了火钵向贾妮娜示威，不过那个女人毫不退缩，同样举起火钵自卫。两个女人扑打在一起，你抓我的脸，我抓你的衣服，弄得碎片、火星和火灰四处飞扬。小男孩在她们打得正激烈的时候，赶忙趁机溜了出去。他一直跑到圣·克鲁采教堂前面才停了下来，接着坐在了外面的长凳上，呼呼地喘着粗气。

教堂的门依旧还是敞开的，昨天夜里这扇门也是为小男孩打开的。他走进去，里面的每一样东西都依然放射着光芒。他扑通一声跪在了米开朗琪罗的坟前。向他哭诉着自己的种种不幸，人们在他身旁经过，但是没有一个好心的人停下来询问他为什么会这么样的伤心，他们是如此的冷漠无情，只有一位老大爷停下来看了他一眼，接着又静悄悄地走开了。

小男孩被打过的地方火烧火燎的疼，从昨天到现在又没吃到半点东西，浑身上下一点力气都没有，他好像是生病了。他在大理石的墓碑和墙壁之间的角落里就疲倦地睡着了。一直睡到天快要黑的时候，有人拉了一下他的胳膊，他被弄醒了。原来是早上他见过的那位老先生站在了他的面前。

"你是不是生病了？你住在哪里？怎么会在这里待一整天？"老大爷向小男孩一连问了几个问题。

小男孩一一地做了回答。老大爷说："你实在是一个非常可怜的孩子，跟我一起走吧！"他们拐进教堂旁边一条十分静谧的小街上，走进了一个好像是缝制手套的店铺里，一位老妇人正在忙着手中针织的活计，一条体型不大的白色哈巴狗正在她的脚下来回欢快地跑动着，白色哈巴狗身上的毛都给剃光了。看到小男孩来了，竟然还非常高兴得翻起跟头来。

"这只小狗还挺友善的，这么快就跟你熟悉了。"老妇人用非常温和的声音说。说完又用手摸了摸小男孩有些冰凉的脸。

心地善良的夫妇拿出一些食物还有汤放在桌子上，小男孩狼吞虎咽地大吃起来，他真的是饿坏了。老人也十分愿意让小男孩住到他家里来，第二天早上，他打算到他的母亲那儿为小男孩说说情，小男孩夜里睡在一张不算非常豪华的木床上，他躺在上面感觉很舒服，因为他以前是经常在硬石板上睡觉的，他睡得很香，梦见了那只驮他旅行的铜猪，也包括那些非常漂亮美丽的画儿。

　　老人第二天一早吃过饭就自己一个人到外面去了。小男孩很伤心，因为他明白这位老人还是不能收下他，肯定还是要把他再次送回那个女人家里去。他抱起可爱的小白狗，吻着它的鼻子，眼泪就像掉了线的珍珠一样流个不停，滴到小狗的身上，他觉得自己还没小狗生活得自在、幸福。老妇人看到他们俩相处得非常的好，微笑着点了点头。

　　老人回来了，他和老妇人在一起长谈了很久，而老妇人的手始终在抚摸小男孩的脸，还频频地点头表示着自己的态度。他心里在猜想他们到底都对彼此说了什么，他明白自己很快就要从这个尽管贫穷但十分温暖的地方离开了。

　　"哦，我同意，他是个非常聪明伶俐的孩子！"老妇人说，"你看他的手就知道将来会是一个非常有信心的人，长大了肯定会像你，成为一个十分勤奋的手套匠人的！圣母注定他会成为一个手套制造家。"

　　最终，这对好心的老夫妇还是把这个孤苦伶仃的孩子留在了自己家里，从此，他们成了父母跟儿子的关系。妈妈经常会教给他怎样去缝制手套，他现在的生活也基本上自足了，因此很开心。他给那只小哈巴狗起了一个绰号叫"雪儿"，他开始和"雪儿"嬉闹，妈妈有时也会非常生气的，不仅骂他，还用手掌吓唬他，这就不免要触动小男孩的心事，他清楚寄人篱下的日子不可能是美好的。他回到自己的小房间，无声无息地坐在小床上，眼望窗外，窗子上有粗粗的铁栏杆，房间对过是一条晒着许多皮革的街道。这时，他似乎听到"扑嗒！扑嗒！"的声音，他幻想着是那只铜猪来了，他立刻跑到窗子前向外张望，然而什么也没有。由于他太想念那只猪了，因此产生了这种幻觉。

　　第二天早上，小男孩和妈妈坐在屋子里学缝手套，一个看上去岁数不大的邻居手提着颜料匣子，两个肩膀上还分别地扛着一大卷帆布走了过来，他是一位画家。妈妈对小男孩说："快帮先生提他的颜料匣子去吧。"

　　小男孩提着匣子尾随着画家一起到了绘画陈列馆，登上那天夜里铜猪驮着他上过的台阶。他对内部的东西还是记忆犹新，他认得那座大理石雕刻的维纳斯，也包括了那些用画笔绘制的全身或是半身的维纳斯。他再次看到了救世主圣约翰和圣母。

　　画家来到布尤切诺描绘的一幅画前站住了，他们站在那儿仔细地欣赏，画面中耶稣来到红尘俗世，许多天真的孩子都围在了他的周围，快乐地等待着走进天堂。小男孩高兴地笑了，因为他感觉就像一下子看到了那个美丽快乐的天国，画家支好画架以后对他说："谢谢你，你可以回去了。"

"我愿意再在这儿逗留一会儿，我可以看着你将那幅画画在这张白帆布上吗？"小男孩问道。

"可以，但我不会迅速地就画好它。"画家说。他自颜料匣子中取出一支黑色的蜡笔。目不转睛地看着那张非常知名的作品，手在白帆布上面游走，只见几根简单的线条立刻呈现出救世主的形象，和那张画中的几乎没有什么不同。"你为何留下来啊？"画家问。

小男孩也一时不知道该怎么样去回答，只好离开了。他回到家中仍旧和母亲学习缝手套。但他的心思全放在那个画上面了，所以他的手指老是被针刺到，总是给人感觉笨头笨脑的。那天回来以后，他毫无心思地逗"雪儿"玩。一天夜里，家里的门还没关上时，他私下跑了出去。外面非常冷，他跑过几条非常狭窄的街巷，来到公爵广场，朝铜猪走去。他蹲在它面前，吻了一下它光滑的鼻子，接着骑到它的背上。"可爱的铜猪，你还是那么的悠闲自在啊！我早就想你想得受不了，今天夜里我们出去玩玩好不好？"

铜猪还是在那个地方不动声色，嘴里仍然喷出一股清凉的水来。小男孩像一个骑师一样骑在铜猪的背上。突然，他觉得他的衣服不知让什么东西拽了一把。他转身向后面一看，竟然是"雪儿"。原来这只小狗始终跟在他后面，而他一直都没有发觉这一切。

"汪——汪——汪！"小狗叫了几声。就像是说："我跟你一起来了，你干吗坐在铜猪的背上啊？"这条小狗来到这里，竟然比一只大老虎还要让小男孩害怕。"雪儿"怎么能独自来到大街上呢，更何况还裸露着身体。到底会发生什么样的结果？它在冬天从来不出屋子的，除非为它披上一块羊羔皮。这是老妇人特意为它做的羊羔皮外套，每当女主人带着它出去时就会给它穿上，同时在脖子上系一个红色的蝴蝶结，还有一只金色的小铃铛。样子十分可爱，就像一只小羊羔。可如今"雪儿"竟然光溜溜地在外面瞎跑，这会造成什么样的后果呢？他做了许多判断。最后他不得不依恋地亲了铜猪一下，算是和它告了别。接着跳到地上，把已经冷得直哆嗦的"雪儿"抱到了怀里，飞快地向家里跑去。

两个警察正在街上巡逻，发现小男孩正抱着什么东西到处乱窜，感到非常奇怪，就将他拦了下来："你抱的什么东西？为什么要这么拼命地跑啊？"这时"雪儿"叫了起来，"你从哪里偷来这只漂亮的小狗？"一把就从小男孩那里抢了过来。

"哦，行行好，把小狗还给我好吗？"小男孩说。

"要是这只小狗是从正常的途径来的，你就回家告诉家里的大人，叫他们到警察局亲自来带回去吧！"其中一个警察说，说完告诉他地址，就抱着"雪儿"走了。

小男孩没有预料事情能到这种无法想象的地步，他不晓得是回家实话实说，还是应该跳到亚匀诺河里一死了之，他非常明白他回家不会有什么好结果的，肯定会是一顿暴打。

"干脆打死我算了，要是我死了，就能够去天国找圣母和耶稣了。"他一边这样胡思乱想着，一边向家的方向走去，打算回去接受无论怎样的惩罚也好。

店门紧闭，他太矮够不到门环。寂静的街上一个人也没有，他不得不拿起门口旁边的一块石头砸了一下自己的家门。

"这么晚了，是谁在敲门？"爸爸问。

"是我，'雪儿'跑了，请打死我吧！"小男孩非常伤心地说。

老夫妇听他说完，都为"雪儿"难过得直掉泪，特别是老妇人，她盯着墙上"雪儿"曾经穿过的衣服，便对小男孩破口大骂："你这个杂种，深更半夜干吗要把我宝贝的'雪儿'也抱出去玩啊，也不给它穿件衣服，这个可怜的小东西肯定是要被寒风冻僵的，而它眼下又落到警察手中！"她伤心地哭起来。小男孩同样轻声哭泣。爸爸马上跑出家门。邻居们听到哭声都过来看到底是怎么了。那位年轻的画家也过来了。他蹲下身子将小男孩抱在自己温暖的怀中问小男孩怎么把"雪儿"弄丢了，他从那个已经被吓坏了的孩子的语言中，明白了"雪儿"落在警察手里的来龙去脉，听到了有关铜猪和绘画陈列馆的整个故事，他有点迷茫了。画家安慰了小男孩几句，又劝了劝老妇人。

很快，爸爸带着“雪儿”回来了，老妇人这才停止了哭泣，高兴地抱着“雪儿”不停地亲吻，邻居们也就跟着一起高兴了起来，画家拿来几幅画送给了这个可怜的小男孩。

这是一些憨态可掬的动物，既滑稽又可爱，有一幅铜猪画得形象极了，极其生动，和立在大公爵广场的那只铜猪就像一个模子里扣出来的一样，小男孩最爱这一张，认为什么东西也没有它好看，寥寥几笔就使它跃然纸上。他觉得一个能够绘画和描写的人一定能够把全世界的东西都摆在自己面前的。

第二天夜里，老夫妇和“雪儿”都睡觉了。小男孩将图画反过来铺在桌子上，拿出一支铅笔，临摹那只铜猪，他不知怎么回事画得还兴致勃勃的，尽管猪身是歪的，一条腿细一条腿粗，还不怎么整齐，但是铜猪的轮廓还是清晰可见的。他对自己的成绩极其满意，但他明白这支铅笔运用得很笨拙，仅仅过了三天，开始画的铜猪旁又有了新的小伙伴，而这头猪比那头猪漂亮不知多少倍呢！第三头当然就更好了。

手套店现在的买卖不比从前了，小男孩的跑腿工作也可以慢慢地做了。铜猪曾经对他说过，白纸上可以任意画各种各样的图画，如果我们的心情好，佛罗伦萨城就能成为一个很好的画册。三一广场上有一个又细又高的圆柱，柱顶是正义女神的大理石雕像，她手持天平，眼睛用布蒙着。正义女神没多久又出现了在了白纸上，画家就是手套制造匠的小学徒。小男孩的画越来越多，但始终是一些不会动的事物。一天，“雪儿”调皮地跑到他的面前，他突然有了一个主意。

“雪儿，站在那里别动，我要将你变得更美丽些，而且会让你这个小东西永远地固定在画纸上。”小男孩说。

不过“雪儿”是一个动物，它是根本就不可能按照人类的语言去行动的，于是它在地上不停地跑动，小男孩用绳子将它的四条腿绑了起来，“雪儿”生气地“汪！汪！”大叫，而且还在那儿一个劲儿地左右摆动，他无奈只得把绳子拉得更紧了，就在这个时候妈妈突然进来了。

“你个坏孩子干吗要这样恶毒呢！哦，可怜的‘雪儿’！”她恼怒地只说出这两句话。

她从小男孩的手中夺过了“雪儿”，一脚将他踹在地上，叫他这个恶毒的坏孩子赶紧滚开。同时又为小狗松开了绳子，为受伤的"雪儿"揉着小腿。

恰在此时，年轻的画家从外面走进来。随后小男孩的命运发生了完全不一样的巨大变动。

1834 年，佛罗伦萨的美术学院举行了一个绘画展览。好多观众被两张并列着的画吸引住了。其中一幅画面是个心情非常愉悦的穷孩子坐在凳子上画画，一只白色的小哈巴狗，全身的毛都被剃光了，为小男孩做模特，它不听话，不情愿在那里一动不动，所以一条绳子将它的头和尾巴绑在了一起。这幅画的背景因为是来源于生活中的，感觉上也是十分让人信服的，所以大家都很喜欢。它的作者传闻就是这个城市中的一个年轻的小伙子，他孩童的时候却是个非常穷苦的流浪儿，后来被一个做手套的老师傅收养了，他尤其喜欢绘画，他的才能简直就是上帝造就的。有一天他把老妇人心爱的小哈巴狗绑起来做模特，惹怒了老妇人，把他打出了家门。一位著名的画家正好遇到了这个小男孩，画家认为他是一个天才，后来就非常顺利地把这个苦命的小男孩培养成了一位世界闻名的大画家。

这幅画是一个极好的证明，它告诉人们出身低贱的手套制造匠的徒弟通过锲而不舍的个人奋斗最后成了一名非常知名的画家。而另一幅画也更证明了这一点。这幅画很大，内容是大公爵广场上立着的铜猪脚下坐着一个长得很漂亮、穿着破旧衣服的小男孩，他的双臂搭在铜猪的脑袋上正在睡觉。圣母画像面前的灯对着小男孩，细嫩的脸庞上放射出一道非常亮的光，这幅画实在太美了。画框是镀金的，右上角悬着一个鲜花编成的花环，正中央挂着一块黑纱。

因为这个非常知名的艺术家在几天以前找圣母和耶稣去了，他现在正在天国呢！

区　别

　　那时正是五月天。风吹来依然很冷；但灌木和大树，田野和草原，都说春天已经到了。到处都开满了花，一直开到灌木丛组成的篱笆上了。春天就在这里讲它的故事。它在一棵小苹果树上讲，这棵树有一根鲜艳的绿枝：它的上面布满了粉红色的、细小的、随时就要绽放的花苞。它知道它有多么美丽，它这种先天的知识深藏在它的叶子里面，像是流在血液里一般。因此当一位贵族车子在它面前的路上停下时，当年轻的伯爵夫人说这根柔枝是世界上最美丽的东西，是春天最美丽的表现时，它一点也不感到惊讶。然后这枝子就被折断了。她把它握在细细的手里，并且还用遮阳伞替它遮住了太阳。他们回到他们华贵的公馆里来了。这里面有很多高大的厅堂和美丽的干净的房间。洁白的窗帘在敞着的窗子上面迎风飘荡；好看的花儿在透明的、发光的花瓶里亭亭地立着。有个花瓶几乎像是新下的雪所雕琢成的。这根苹果枝就插在它里面几根新鲜的山毛榉枝子中间。看它一眼都令人感到愉快。

　　这根枝子变得骄傲起来，这也是人之常情啊。

　　各种各样的人走过这房间。他们可以按照自己的身份来表示他们的赞赏。有人一句话也不讲，有人却又讲得太多。苹果枝子知道，在人类中，正如在植物中一样，也存在着差别。

　　"有的东西是为了好看，有的东西是为了实用，但是也有的东西却完全没用。"苹果树枝想着。

　　正因为它是被放在一个敞着的窗子面前的，同时也因为它从这里能看到花园和田野，所以它有许多花儿和植物供它思索和考虑。植物中有富贵的，也有贫贱的；有的几乎是太贫贱了。

　　"可怜没人理会的植物啊！"苹果枝说，"所有东西的确都有区别！如果这些植物也可以像我和我一类的那些东西那样有感觉啊，它们一定会感到很不愉快啊。所有东西的确有区别，并且的确也应该如此，否则大家就都是相同的了！"

苹果枝对某些花儿，就像田里和沟里丛生的那些花儿，表示出特别怜悯的样子。谁也不把他们扎成花束。它们是太普通了，人们简直在铺地石中间都可以看得到。它们就像野草一样，在什么地方都会冒出来，而且它们连名字都非常丑，叫作"魔鬼的奶桶"①。

"可怜的被人瞧不起的植物啊！"苹果枝说，"你们这种处境，你们的平凡，你们所拥有的这些丑陋名字，也不能怪你们自己啊！在植物中，正如在人类中一样，一切都应该有个区别啦！"

"区别？"阳光说。它吻着这盛开的苹果花，同时它也吻着田野里的那些"魔鬼的奶桶"。阳光的所有兄弟们都吻了它们，吻了下贱的花，也吻了富贵的花。

苹果枝一直都没想到，造物主对所有活着和动着的东西都一样给予无限的慈爱。但它一直没有想到，美和善的东西可能就会被掩盖上了，但并没有被忘记，这也是合乎常情的。

太阳光，这明亮的光线，知道得更清楚啊：

"你的眼光看得不远，你的眼光看得不清！你很怜悯的、没有人理会的植物，是哪些植物呢？"

"魔鬼的奶桶！"苹果枝说，"人们从来不把它扎成花束的。人们把它踩在脚底下面，它们长得太多了。它们在结子的时候，它们就好像小片的羊毛，在路上到处乱飞，还附在人的衣服上。它们不过是野草而已！它们也只可以是野草！啊，我真要谢天谢地，我并不是它们这类植物中的一种哦！"

从田野那儿来了一大群孩子们。他们中最小的一个是那么的小，还需要别的孩子抱着他。当他被放到这些黄花中的时候，他乐得大笑了起来。他的小腿踢着，满地打滚。他只能摘下这种黄花，同时天真烂漫地吻着它们。那些较大的孩子们将这些黄花从梗子上折了下来，并把这根梗子插到

---

①　即蒲公英，因为它被折断后可以冒出像牛奶似的白浆。

那根梗子上，一串一串地联成链子。他们先做了一个项链，然后又做了一个挂在肩上的链子，一个系在腰间的链子，一个悬在胸脯上的链子，还有一个戴在头上的链子。这还真成了绿环子和绿链子的展览会了。但是，那几个大一点的孩子小心地摘下落了花的梗子，它们上面结着以白绒球的形式显示的果实。这缥缈的、松散的绒球，本身就是一件小小的完整艺术品；它看起来好像雪花、羽毛和茸毛。他们把它放在嘴的面前，想要一口气把整朵的花球都吹走，因为祖母以前说过：谁能这样做，谁就能在新年到来前得到一套崭新的衣服。

所以这朵被瞧不起的花在这种情况下，就成了一个真正的预言家。

"你看见没有？"太阳光对苹果枝说，"你看见它的美没？你看见它的力量没？"

"看见了，它只能和孩子在一起时是这个样子！"苹果枝说。

这时，有个老太婆来到田野里了。她用一把无柄的钝刀子在这花的四周挖着，把它从土里挖出来。她预想把一部分的根子拿来煮咖啡吃，把另一部分拿给一个药材店做药用。

"不过美确实是一种更高级的事物呀！"苹果枝回答说，"只有少数几个特殊的人才能走进美的王国。植物彼此之间是有区别的，正如人彼此之间有区别是一样的。"

接着太阳光就谈到造物主对于所有造物和一切有生命的事物的无限的爱，和对于所有东西永远合理公平的分配。

"对的，这不过是你的看法而已！"苹果枝说。

这时有人走进房间里了。那位年轻美丽的伯爵夫人也进来了，把苹果枝插在了透明的花瓶当中，并放在太阳光下的人就是她。她手拿一朵花，或一件类似于花的东西。这东西被好几片大叶子掩住了：它们像一顶帽子在它的四周保护着，使微风甚至大风都伤害不了它。它被小心地端在手中，就连那根娇嫩的苹果枝也从来没受过这样良好的待遇。

那几片大叶子现在被轻轻地挪开了。人们能看到那个当初被人瞧不起的柔嫩的黄色"魔鬼的奶桶"的白绒球！这个就是它！她小心地把它摘下来！她谨慎地把它带回家，好让那个云雾般的圆球上的细嫩柔毛不至于被风吹散。她把它保护得很完整。她赞美它漂亮的形状，它透明的外表，它特殊的构型，和它被风一吹就散的、不可捉摸的美。

"看吧，造物主把它创造得是那么可爱！"她说，"我必须把这根苹果枝给画下来。大家现在都感觉它异常的漂亮，不过这朵低贱的花儿，以另一种形式也从上天得到了一样多的恩惠。它们两者虽然都有区别，但是它们都是生活在美的王国中的孩子。"

于是太阳光亲吻了一下这微贱的花儿，也亲吻了一下这开满了花的苹果枝，它的花瓣好像泛出了一阵不好意思的绯红。

祖　母

　　祖母已经非常老了，她的脸上早已布满了皱纹，她的头发已经花白了，可她的眼睛仿佛两颗星星，还是那么明亮。当它们盯着你的时候，露出一种温和慈祥的光，让你觉得非常舒服。她穿了一身厚绸子做的宽大裙子，上面有大朵大朵的花，走起路来裙子簌簌直响。她还会给我们继续讲非常好听的故事。祖母知道的东西简直是太多了，因为爸爸妈妈还没出生，她就已经生存在这个世界上了——这是肯定的。她有一本带大银扣子的赞美诗集，时常给我们读起它。书页中夹着一朵玫瑰花，已经枯萎了，而且压得非常平，它虽然没有插在玻璃杯里的玫瑰花那么美丽，但是她对它流露出了最真心的微笑，甚至有时还为它流下了无数伤心的眼泪。"我搞不明白祖母为什么这样珍视那本旧书里风干了的花。你知道吗？"原来啊，随着祖母的眼泪落到那只玫瑰花上，而眼睛直视着它的时候，玫瑰花好像又变活了，整个房间又一次飘荡着它的芳香。四面墙壁也仿佛在迷雾中渐渐消失得无影无踪了，周围变成了美丽的绿树林。这时候正值炎炎的夏日，阳光从浓密的叶丛中透了进来。而祖母，她又会在不知不觉中变年轻的，变成了一个可爱的小姑娘，和玫瑰花一样地楚楚动人：一张红润的圆脸，一头光亮秀丽的鬈发，体态还是那么的优雅迷人，那双眼睛，那双温柔圣洁的眼睛一模一样——它们依然还留在祖母眼眶里。在她的身边坐着一个年轻男子，看上去依然是那么的身强体壮。他送给她一朵玫瑰花，她满脸含笑。祖母如今再不能像那个样子微笑了。事实上，她现在只能在回忆中重温那时无限的美好日子了。如今那英俊的年轻男子早已去世了，那朵玫瑰花在旧书中也变得干枯了。祖母依然还是一个人坐在那里，重新变回了一位老太太，低头看着书中那朵干枯的玫瑰花，一切又恢复了事物原来的状态。

　　祖母如今也已过世了。当时她坐在她那把扶手椅上为我们讲了一个又一个美丽的故事，直到故事讲完，她说她感到已经非常累了，将头向后靠到椅背上要休息一会儿。我们听到她睡着后安静的呼吸渐轻渐静，她的脸上依然流露着幸福和宁静的神情。就仿佛是被一缕阳光照亮了她的一生。她又微笑了一下，随后人们说她已经死了。她被放进了一个黑色的棺材里，在罩布的白色褶层中，她看上去是那么的慈祥美丽。尽管两眼已经紧紧地闭上了，好像永远也不会打开了，但是每一道皱纹都消失了，她的头发银白，嘴上还依然留着甜蜜的微笑。我们一点也不害怕，看到她的遗体——她原来是那么令人无限尊敬的一位好祖母啊。里面仍旧夹着那朵玫瑰花的赞美诗集放在她的头下，因为她过去这样吩咐过的。随后，我们埋葬了我们亲爱的老祖母。

　　在靠近教堂墓地墙边的坟上，我们种了一棵玫瑰树。不久，它就开满了无比娇艳的玫瑰花。夜莺隐藏在花丛中，在墓上还是轻轻地歌唱着。教堂里响起了风琴的音乐声和优美的赞美诗。这些赞美诗其实一点不夸张地说都是祖母那本旧书里面写着的。

　　月亮照在墓上，可去世的人却早已不在那里了。每个孩子能够平安地走过那里，即使在夜里，他还能从教堂墓地墙边那玫瑰树上采上一朵玫瑰花。去世的人比我们活着的人知道得更多。他们清楚，一旦发生这样古怪的事，就是死去的人在我们中间又再一次出现了，那我们会感到多么的恐怖啊。他们比我们快乐，死去的人不会再回来了。棺材上堆满了芬芳的泥土，棺材里躺着的也将作为只属于这个大地的泥土了。赞美诗集的书页也变成了尘土，那朵玫瑰花也变成了尘土。可在墓上，鲜艳的玫瑰花依然盛开着，夜莺还在那里歌唱，风琴奏了起来。对老祖母的回忆仍旧还在，永远也不会停下来的，她那双充满着爱的温柔眼神一如她年轻时那般的美丽动人。眼睛是永生的。我们的眼睛将再次见到我们亲爱的祖母，年轻而美丽得就像她第一次亲吻那朵现在已在墓里化为尘土的鲜艳红玫瑰花时一样。

蝴　蝶

从前一只蝴蝶想要找一个恋人。于是，他就想要在群花之中找到一位可爱的小恋人。因此他就把她们全都观看了一遍。每朵小花都是安宁地、端庄地立在自己的梗子上，宛如一个姑娘在没订婚时坐着的那副样子。可是她们的数目非常非常多，选择是很不容易。蝴蝶不希望讨麻烦，于是他就飞到小雏菊那儿去了。法国人把这种小花叫作"玛加丽特"①。因为他们知道，她能预言。于是她是这样做的：小情人们把她的花瓣一片一片摘下来，每摘一片情人们就问一个关于他们自己恋人的事："热情吗？痛苦吗？非常爱我吗？只爱一点么？完全不爱么？"诸如此类的问题。每个人都可以用自己的语言问。于是蝴蝶也来问了；但是他却不摘下花瓣，反而吻起每片花瓣来。他觉得只有善意的人儿才能得到最好的回答。

"亲爱的'玛加丽特'雏菊！"他高声说，"你是所有花中最聪明的。你会预言！那么我请求你告诉我，我是应该娶这一位，还是娶那一位呢？我到底会得到哪一位呢？倘若我知道的话，我就可以向她直接飞去，跟她求婚。"

可是"玛加丽特"却不回答他。她十分生气，因为她还只不过是一个少女，而他却已把她称为"女人"了，这是有多大的差别呀！他问了第二次、第三次。当从她那儿得不到半个字的回答的时候，他也就不愿意再问了。于是他飞走了，立刻开始了他的求婚。

初春的时候，番红花和雪形花正在绽放。

"她们非常非常好看，"蝴蝶高兴地说，"简直就是一群情窦初开的美

---

①　"玛加丽特"这个词有双关的意义：它是通常用的女子的名字，同时也是"雏菊"的意思。

丽的小姑娘，但是也许太不懂世事。"像所有的年轻的小伙子一样，他想要寻找年纪较大一点的。

于是他就到秋牡丹那儿去了。按照他的胃口来讲，这些姑娘们未免苦味太重。

紫罗兰太热情；郁金香又太华丽；黄水仙太平民；菩提树花太小，除此之外她们的亲戚又太多：苹果花看起来倒非常像玫瑰，她们今天开了，可能明天就谢了——风一吹就落了。于是他觉得跟她们的婚姻是不会长久的。豌豆花最惹人爱：她有红也有白，既娴雅，又柔嫩。她是家庭观念很强的女孩儿，外表既漂亮，在厨房里也是很能干的。当他正想要向她求婚时，他居然看到这花儿的旁边还有一个豆荚——这豆荚的尖端挂着一朵枯萎了的花。

"它是谁？"他问。

"它是我姐姐。"豌豆花说。

"乖乖！那么将来你也一定会跟她一样了！"他诧异地说。

这些使蝴蝶大吃一惊，所以他就飞走了。

金银花被悬在篱笆上。像这样的女子，还有很多；她们都板起面孔，皮肤发黄。不行，他可不喜欢这个类型的女子。

不过他到底喜欢谁呢？你去问问他吧！

春天过去了，夏天也已结束了。现在是秋天了，但他还在犹豫不决。

花儿们现在都穿上了她们最华美的衣服，但是那又有什么用呢？她们已经失去了那新鲜的、香香的青春味儿。人到了这年纪，最喜欢的就是那香味呀。尤其是在天竺牡丹和干菊花之间，香味这东西可以说是没有了。于是蝴蝶就飞到地上长着薄荷的地方那儿去。

"可以说她没有花，她全身上下都是花，从头到脚都充满了香气，居然连每一片叶子上都有香味。我要娶她！"

于是他就向她求婚。

薄荷端端正正地站着，一声不吭。最后她居然说：

"交朋友这种事是可以的，但别的事情是都谈不上的。我老了，你也老了，我们的确是可以彼此照顾的，但是结婚，那可不行！像咱们这样大的年纪，就不要拿自己开玩笑吧！"

　　这么一来，蝴蝶就完全没有找太太的机会了。他挑选得太久了，这不是好事情。最终蝴蝶就成了大家所称的老单身汉了。

　　现在是晚秋，天气多雨又阴沉。风儿把寒气吹到老柳树的背上，使得它们发出飕飕的响声来。倘若这时还穿着夏天的衣服在外面寻花问柳，那是很不好的；因为这样，会受到大家批评的。的确，那蝴蝶也没有再在外面乱飞了。他抓住了一个偶然的机会溜到一个房间里去了。

　　这里火炉中生着火，好像夏天一样的温暖。他可以生活得很好的。只不过，"只活下去还不行！"他说，"一个人应该拥有自由、阳光和一朵小花儿！"

　　他飞向窗户，并且撞在上面，被人观看和欣赏，之后就被穿在一根针上，被收藏在一个小古董匣子里面。这是人最欣赏他的方式。

　　"现在我能像花儿一样，栖息在一根梗子上了。"蝴蝶安慰自己说，"虽然这的确是不太令人愉快的。这几乎跟结婚没什么两样，我现在算是被牢牢地固定下来了。"

　　他用这种想法来安慰自己。

　　"这真是一件可怜的安慰。"房里盆中的小花儿说。

　　"可是，"蝴蝶这样想，"一个人是不应相信这些盆里的花儿的话。她们都跟人类的来往太密切了。"

谁是最幸运的

"多美丽的玫瑰花啊！"太阳说，"每一朵花苞都会开出花来，而且会是同样美丽的。它们都是我的孩子啊！我亲吻它们，让它们富有生命力！"

"它们都是我的孩子！"露水争论说，"是我用眼泪抚养它们长大的。"

"我觉得我才是它们的妈妈！"玫瑰篱笆也在说，"你们只是干爸爸和干妈妈。你们不过是凭你们自己的能力和好心，在它们取名的时候送了一些礼物罢了。"

"我这样美丽的玫瑰孩子们！"他们三位齐声地说，同时祝福着每朵花将会获得极大的幸运。不过最幸运将只能是一个人拥有，而同时也一定还会有一个人只得到了最小的幸运；但是这将会是它们中间哪一个呢？

"这个我倒是要了解一下！"风儿说，"我将什么地方都会去，就连最小的隙缝也会钻进去。所有事情的里里外外我全都知道。"

盛开的玫瑰花们都听到了这话，每一个将要盛开的花苞也听到了这话。

这时有一个愁苦的、慈祥的、披着黑衣服的母亲到花园来。她摘下一朵玫瑰花。这花正半开着，既鲜艳，又丰满无比。在她看来，它是玫瑰花丛中最美丽的一朵。后来她把这朵花拿到了一个寂静无声的房间中——几天前还有一个快乐年轻的小女孩在蹦蹦跳跳，但是现在，她却僵直地躺在一只黑棺材里，像是一个睡着了的大理石像。那母亲亲吻了那孩子一下，又吻了这玫瑰花一下，然后把这花儿放在这小女孩子的胸膛上，仿佛这朵花的香气和母亲的亲吻就可以使她的心再次跳动起来似的。

这朵玫瑰花依旧在开放。它每一片花瓣因得到了一种幸福而颤抖着，它在想："现在人们赋予了我一种爱情的使命！我仿佛变成了一个人类的孩子，得到了一个来自母亲的亲吻和祝福。我将走到一个未知的国度中去，在小孩子的胸膛上做梦！无疑，在我的姊妹们之中我要算得上是最幸运的了！"

在长着这棵玫瑰树的花园中，那个为花锄草的老女人走了过来。她也注意到了这棵树的美，她的双眼一直凝视着一大朵盛开着的玫瑰花。再有一次露水，再有一天的阳光，它的花瓣就会凋落了。老女人看见了这一些。所以她觉得，既然它完成了美的这些任务，现在它也应该有些实际的用处了。于是她就把它摘下来，包在报纸里。把它带回家去，和其他一些没有叶片的玫瑰花放在了一起，作为"混合花"而被保存下来。因此它又和一些名叫薰衣草的"蓝小孩"混在一起，用盐水永远地保藏下来！只有玫瑰花儿和国王才可以这样①。

"我才是最光荣的！"锄草的女人拿着它时，玫瑰花激动地说，"我是最幸运的那个！我将会被保留下来！"

后来有两个年轻人要到这花园里来，一个是画家，一个是诗人。他们每人都摘下了一朵好看的玫瑰花。

画家把这朵盛开的玫瑰花画在画布上，弄得这花觉得自己正在照镜子。

"这样一来，"画家高兴地说，"它就可以一直活下去了。在这期间不知将会有几百万朵玫瑰花萎谢，就会死掉了！"

"我是最得宠的那个！"这玫瑰花说，"我居然得到了最大的幸福！"

诗人看了他的那朵玫瑰一下，写了一首诗来歌颂它，赞颂他在这朵玫瑰花瓣上所读到的神秘：《爱的画册》——这的确是一首不朽的诗。

"我与这首诗一起永垂不朽了，"玫瑰花激动地说，"我是最幸运的！"

在这一丛无比美丽的玫瑰花中，其中有一朵几乎快被别的花埋没了的玫瑰花。很偶然地，也可以算是很幸运地，这朵花却有一个缺点，它不能挺拔地立在它的茎子上，并且它这一边的叶子跟那一边的叶子不对称：这朵花的正中央长了一片畸形的小小绿叶。这种事情在玫瑰花中也是难免会

---

①　古代的国王，特别是埃及的国王，死后总是用香膏和防腐剂制成木乃伊被保藏下来。

发生的!

"可怜的孩子!"风儿怜惜地说,同时在它的脸上亲吻了一下。

这朵玫瑰觉得这是一种祝贺,一种称赞。它有一种感觉,就是觉得自己与众不同,而它正中心长出的这片绿叶,正是用来表现出它的奇特。一对蝴蝶飞到它上面,亲吻了它的叶子。它是一个求婚者,它就这样让他飞走了。再后来有一只粗暴无比的大蚱蜢来了;他四平八稳地坐在一朵玫瑰花上,与此同时自作多情地擦了几下自己的胫骨——这是蚱蜢表示爱情的方式。被他坐着的那朵玫瑰花却不懂得这道理,而且这朵与众不同的、只一片小绿叶的玫瑰只是懂得,蚱蜢在看着它,他的眼神似乎在说:"我爱你爱得可以把你一口气吃掉!"不论怎么热烈的爱情也到不了这种程度;爱得被别人吸收到爱人的身体里去!但是这朵玫瑰倒不愿被吸收到这只蚱蜢的身体中去。

小夜莺在一个满天星斗的夜空中唱着。

"这就是为我而唱的!"那朵花儿有缺点,换句话说那朵与众不同的玫瑰花说,"为什么在各方面我都要比我的姐姐妹妹们特别呢?为什么这个特点让我成为最幸运的花儿呢?"

抽着雪茄烟的两位绅士走到了花园里来。他们正在谈论着玫瑰花和烟草:说玫瑰花经不起烟熏;如果用烟熏它们马上会失掉它们的光彩,全都变成绿色的;这倒值得试他一试。他们并不愿意去拿那些最漂亮的玫瑰做尝试。他们却要试试这朵有残缺的玫瑰。

"这是一种尊荣!"它兴奋地说,"我真是分外的幸运啊,非常非常的幸运!"

就这样,它烟雾中变成了绿色。

还有一朵含苞待放的玫瑰,也许是玫瑰树上最漂亮的那一朵,在园丁扎得十分精致的花束中占了首要的位置。这花束被送给这家的那个骄傲的年轻的主人,它跟他一起乘着马车,作为一个美丽的花儿,安静地坐在别的花儿和绿叶之间。它参加过五光十色的聚会:这儿的男人和女人们都打扮得花枝招展的,在无数的灯光之中散发光彩。音乐响起来了,这是在被照耀得像白昼一样的戏院中。在暴风雨般的掌声里,一位有名的年轻的舞蹈家跳出舞台去,一束花,雨点似的朝她的脚下砸来。扎有那朵美丽的玫瑰花的花束也落下去了；这朵玫瑰花感受到说不出的幸运，感受它在向荣耀和光芒飞去。当它一碰触到舞台的时候，它就跳起舞来，跳了起来，在舞台上滚了起来，突然它跌断了它的茎子。它并没有到达它崇拜的那个人手里去，但却滚到幕后去了。道具人员把它拾起来，看到它是那么美丽，那么芬芳，只可惜它再没有茎子了。他就把它放在衣袋中。当他晚上回到家里的时候，他就把它放在一个小小的酒杯里，它在水中被浸了一整夜。一大清早，它被放到这人的祖母的面前。又老又衰弱的祖母坐在靠椅上，望着这朵美丽的、残缺的玫瑰花，欣赏着它和它的香气。

"是的，你并没有走到有钱的、漂亮的小姐桌子旁边去，你倒是到我这个穷苦的老太婆身边来了。但你在我身边就仿佛是一整棵玫瑰花树啊。你是多么的可爱啊！"

所以，她怀着孩子那种快乐的心情来凝望着这朵花。当然，同时她也想起了她已经消逝了很久的青春时代。

"玻璃窗上有一个小孔儿，"风儿这样说，"我很轻松地就钻进去了。我看到这个老太婆散发出青春光彩的眼睛，我看到浸在酒杯里的那朵既美丽、又残破的玫瑰花。它是一切花中最幸运的一朵花！我是知道这一点！我敢这样说！"

花园中玫瑰树上的每朵玫瑰花都有它自己的一段历史。每朵玫瑰花都相信，同时也都认为自己是最幸运的那一个，而这种信心也使它们幸福。但最后的那朵玫瑰花却认为自己是最幸运的那个。

"我比所有人活得都久！我是最后的、唯一的、妈妈最喜爱的孩子！"

"我是这些孩子的妈妈！"玫瑰篱笆争着说。

"我才是它们的妈妈！"太阳光争着说。

"我是。"风儿和天气不服气地说。

"每个人都是！"风儿说，"并且每个人都将从它们那里得到自己的一份赏赐！"所以风儿就使叶子在篱笆上散开来，露水滴着，太阳照着。"我也要得到属于我的一份。"风儿说，"我得到了所有玫瑰花的故事，我将会把这些故事在这个广大的世界中传播出去！请告诉我啊，它们之中谁是最幸运的呢？是的，你们说啊，我已经说得不少了！"

雪　人

　　下雪了，漫天飞舞着各种形状的美丽雪花。它们有的飘落在这个城市的标志性建筑物上，有的则轻轻地落在路上行人的肩上、身上。雪下了整整一天一夜，在天快要亮的时候总算是停了下来。

　　清晨，很早起床的人们发现外面银白色的世界里完全是一片雪白。一群男孩子欢欢喜喜地来到公园里玩耍。他们在一起打雪仗、滑雪橇，高兴极了。就在这时，一个小男孩提议要一起堆一个雪人玩儿，于是在孩子们的嬉闹声中一个非常漂亮的雪人大功告成了。雪人的两只大眼睛又黑又圆，是用两个黑黑的煤球做成的，一块旧耙做嘴巴，那么它就有牙齿了，一个红桶顶朝上盖在了它的大脑袋上，就全当做是它的帽子吧。

　　"我十分地喜欢这么寒冷的天气，在这样的环境下我就会感到浑身是劲儿的。"雪人心情激动地说，"那儿有一个不停闪着光芒的东西，她的大眼睛老是一眨不眨地盯着我看，希望我对她献殷勤，那是根本就不可能的，在她面前我是完全不会屈服的。"它说的那个东西就是天空中的太阳。

　　天渐渐黑了，一轮明月挂在天空中，她是那么美丽动人，又大又圆，十分明亮透彻。"她为什么又从另一个方向不招人喜欢地冒出来了？"雪人有些不太高兴地说。它将月亮当成了太阳。"还好！她这次不那样让人讨厌地盯着我看了，让她在上面一心一意地照吧，我要将自己仔细地好好打量一下。唉，老是站在这里一动也不能动，还真挺没意思的呢，我真希望能有办法让自己也动起来，要是我有一天能活动起来的话，真想就像我看到的那群男孩子一样在雪地上好好地滑上几下，但是该怎么样奔跑呢，我一点也没有经验啊。"

　　"汪汪！"看大门的大狗声音沙哑地说，"别自寻烦恼了，太阳不久就会教给你该怎么样跑了！去年冬天我发现你的祖先就是在太阳老师的教育下学会的，还有你祖先的祖先也是她一个一个地教会的，不过最后它们都离开了这个世界了。"

"嗨，朋友，你的话究竟是什么意思呀，我一点也听不懂啊。"雪人大惑不解地说，"那个东西能教会我跑？的确，她很能跑的，我刚才看到她从这里跑到了那边去了。"它指的就是天空中的月亮了。

"真是无知啊，不懂就别装懂了。"大狗非常鄙夷地说，"这也不怪你这个无知的东西，你也无非是刚刚来到这个世界上罢，还是让我来慢慢地告诉你吧！你眼下看到的这个发亮的东西不是太阳，恰恰相反是月亮呀，白天看到的那个是太阳，你把它们俩给弄混了。太阳天一亮就会出来，它会教你具体该怎么样跑起来，还会叫你该如何跑到那条小水沟里去。唉，我的左后腿今天总是觉得又酸又疼，明天看上去绝对又要变天气了。"

"尽管我听不明白你说话的意思，但是我的直觉告诉我，你说的不会是让人感到高兴的什么好事儿。那个刚落下去的太阳教我跑步其实也是别有用心的，这一点我是能感觉出来的。"雪人自言自语道。

看院子的大狗在汪汪地叫着，在院子里查看了三圈，看到今天晚上没有什么异常的情况，就回屋睡觉去了。

大狗腿的预感还挺准的，天气今天晚上果然是变了。第二天清晨，浓雾笼罩着整个城市，还刮起了非常冷的大风，气温也非常低，树木和灌木丛都挂满了一层层的白霜，就仿佛一丛丛白色的珊瑚似的。许多在夏天被绿叶簇盖的稚嫩的小树枝，经过冰霜的洗礼都变成了一朵朵非常美丽、晶莹剔透的白花了，还在不停地闪着雪白晶莹的光芒。高大的松树在风中左右地摇摆着，依然像夏日里的树木一样生机勃勃。太阳终于懒洋洋地出来了，将它的万丈光芒洒向了无比宽阔的大地，于是大雪覆盖的地上就好像是洒满了大颗大颗的钻石，而那些建筑物也都仿佛撒上了钻石的粉末似的，看上去都是那么的好看，处处反射着晶莹透亮的光芒，这里简直一下子全部变成了一个钻石的世界啊！

一对年轻的恋人欢欢喜喜地来到公园，他们每走一步，各自的脚下都会发出那种咯吱咯吱的响声，就好像是在面粉上行走一样。两个人边走边欣赏着周围的美丽景色，看着那些到处是亮晶晶的树木，年轻的姑娘非常高兴地说："夏天树木青翠、鲜花盛开，给人一种十分美的享受和联想，但比起现在的银装素裹却明显要逊色不知多少倍啊，这里的风景实在是太美丽、太迷人了啊!"这时，他们俩慢慢地来到那个雪人的身边，她的男朋友也很高兴地说："瞧这个雪人多好看呀，在夏天里我们是根本不可能见到这样的朋友。"

"不错，那我们就要非常礼貌地跟这位好朋友打个招呼吧!"姑娘微笑着对那个雪人点了点头。接着这对恋人就继续向前走去了。

"他们是谁? 你在这里住这么久了，你应该也认识这两个人吧?"雪人有些不解地问那只大狗。

"我跟他们很熟的，"大狗说，"那个年轻漂亮的姑娘曾经很温柔地抚摸过我的头呢，那个小伙子还曾经送过许多我非常喜欢吃的食物呢，他们对我都非常好，因此我对他们也很友善，也从来不在他们面前发火。"

"他们两个干吗一定要在一起呢?"雪人还不是非常明白地问。

"他们是一对恋人呀，你知道什么叫恋人吗? 就是同住在一个温暖的房间里，一起坐在同一张桌子上吃饭的一个女人和一个男人。"大狗非常自鸣得意地说。

"他们做这件事的价值很重要吗，就像你和我一样?"雪人还是和刚才一样懵懵懂懂地问。

"很重要啊，但他们和我们是完全不一样的，他们都属于同一个祖先。"大狗说，"但你昨天才出生，所以什么也不懂，我现在也上了岁数了，知识还是非常渊博的，而且阅历丰富，这院子里的所有事情，没有一件事我不知道。曾经有一段时间，我是非常自由自在的，不像今天这样被束缚着，而且还是用那根很粗的铁链子锁着。今天的天气可真冷啊!"

"其实我太喜欢寒冷了。"雪人心情也不错地说，"你将这里发生的事情一件一件地慢慢讲给我听听吧，不过请你要站在原地尽量别乱动。因为你要是一动，链子就会发出哐啷哐啷的响声。我一听到那种'哐啷'的声音，就会从头到脚感觉自己就要裂开了一样。"

大狗又接着说："我在很小的时候长得是很漂亮的，一点也不像现在这样，人们都说我小小多么多么的可爱。女主人还经常抱我呢，还吻我的小鼻子，让我坐在她的腿上玩耍，还用真丝的手帕摩挲我的脚掌，对我非常地疼爱，她管我叫甜心宝贝。那时我的身份十分高贵，可以躺在屋子里天鹅绒的凳子上睡大觉，想睡到什么时候就睡到什么时候。但这样美好的日子很快就过去了，因为他们认为我现在已经太大了，已经不再像以前那样可爱了，就将我交给了这家的管家。从那之后，我就住在了地下室里。你向左边看就能看见我的房子。如今我是它的主人了，就和管家是我的主人没有什么两样。这房子面积事实上很小，也没楼上的条件好，但我在这儿住得倒也挺舒服自在的。因为我在这里依然有非常丰盛的食物供我享用，有自己专用的非常暖和的垫子，还有一个炉子，它是这个季节中对我最有用的东西，是它无私地带给了我温暖，最重要的一点是我在这里也非常自由，基本上完全是无拘无束的，而且还不会被那些不懂事的小孩子捉住随意地拿去戏弄。"

"那个炉子是不是非常的漂亮？是不是和我一样美丽？"雪人在一旁问。

"哦！太不相同啦！你这么白，它却黑得像黑炭一样，脖子又很粗，圆圆的大肚子是用黄铜做成的，它的嘴能不时地向外喷火，由于它一次次吃下去的是木柴，所以你千万别靠近它，你只能站在它旁边，要么就躺在它脚下，那样才舒服呢，你透过窗户就能望见它，它现在正在屋子里休息呢。"

雪人看见了一个已经黑得发亮、有着黄铜大肚子的东西站在屋子里。它下半身红彤彤的火依然还在熊熊燃烧着。雪人这时感到非常的惊讶，觉得自己的体内产生了一种非常奇特的情感，它又说不出来究竟是一种什么东西在作怪。它一点也不清楚自己身上已经发生了一种潜移默化的变化，但是别人事实上都是非常清楚的，只要他不是雪做的。

"她既然这么好，你干吗还要离开她呢，离开那个舒适的小屋？"雪人紧追不舍地问。它认为火炉毫无疑问是一位女性。

"我是不得已而为之呀，我其实是很不情愿的。"大狗说，"是主人将我赶出来的，还用一根非常重的铁链子将我拴在了这儿。因为主人的小儿子将我正在津津有味啃着的骨头踢开了，我就赌气来了个用骨头换骨头的报复做法，在他的小腿上狠狠地咬了一口。他的父母非常生气，完全不能接受我的这种行事方式，认为我严重伤害了他们的儿子，就将我一狠心赶了出来，从那时起，我就与这根铁链子相依为命了。我现在心里还非常地气愤呢，明明是那个小东西不对嘛！我便在外面对他们大喊大叫，叫的时间一长，原来非常响亮的声音也变得渐渐地嘶哑了起来，你难道没有发现我的声音有一些沙哑吗？事情就是这样的。"

雪人已经听不到大狗在说些什么了，它总是朝着大狗过去住的那间地下室一刻不停地张望着，它在望着那个大肚子下面有四只腿的，还有一个和它个头差不多一样大的火炉！雪人自言自语地说："我心里现在有些待不住了啊，我能不能去那个小屋走上一遭呢？这个愿望在许多人看来简直是不值一提的，但如果我这个微小的愿望能得到满足，我会感到无比幸福的啊，这也是我现在唯一的乃至最高的愿望了。要是上帝不满足我这个小小的愿望，就对我太不公平了。我非要亲自拜访她一次不可，在她身边待上一会儿，即使打破那个窗子我也在所不惜。"

"我奉劝你还是不要冒那个险为好，永远也不要去，因为你只要一接近她，你就会必死无疑的！"大狗斩钉截铁地说。

"我眼下几乎就要死了，我感到自己的全身都要碎裂了。"雪人非常难受地说。

雪人站在那儿呆呆地向地下室的方向望了一整天。天渐渐黑了，屋子里的情景越发让人感到无限地喜爱了。炉子里放射出的温暖火焰，既不像太阳那样让人不好受的灼热，也不像月亮那样让人觉得无比的冰冷，这是一个炉子加上木炭后发出的非常柔和的光亮。每当房门一开，炉子就会向外喷射着火焰，这好像已经是她的一种多年养成的习惯了。火焰明朗地照在雪人的身上，它的半个身子都被照得通红通红的了。

"我真的有些控制不住自己了。"雪人有些按捺不住地说，"她伸出舌头的样子是多么的迷人可爱呀！"

黑夜是非常漫长的，不过雪人一点也没有觉察出来，因为它站在那儿始终沉浸在自己甜美的幻想里，它的体内到处充满着欢乐和无尽的兴奋。

早上，地下室窗户的玻璃上结了一层十分漂亮的冰花，雪人非常喜欢那种冰花，不过它们却阻挡了它的视线，它们待在上面总是不愿意离去，它再也无法看到它心目中的她了。今天的气温非常低，这无疑是雪人最喜欢的天气了，不过它现在好像真的生病了，得了好像是一种火炉相思病，一点也没心情享受这种美丽的天气了。

"雪人得的这种病其实是相当可怕的,我过去也得过的,幸好我已经熬过来了。"大狗说。

天气渐渐变得暖和了,雪也在一点点地融化,雪人的相思病现在越发地严重了,它整天都郁郁寡欢,在那儿闷闷不乐,身体也越来越虚弱了,终于在一天早上一下子垮掉了。它站过的那个地方有一根扫帚还插在地上,这是孩子们当初用来做支柱的那根棍子。

"眼下我弄清楚它为什么害这种相思病害得这么严重了,因为它的体内有一个火钩,始终在搅动它的心,它如今可算是解脱了。"大狗用非常肯定的语气说。

冬天很快就要过去了,大狗依然还在用它沙哑的声音叫着"汪!汪!"屋子里不久传来了孩子们欢快的歌声:快发芽哟,翠绿的车叶草,美丽又清新;啊,杨柳啊,请垂下你轻软的新衣。来吧!快来唱歌吧,杜鹃和百灵鸟,美丽的春天马上又要周而复始了。我也来唱,滴丽!滴丽!来吧!赶快出来吧,亲爱的太阳公公。

在养鸭场里

　　从前，有一只母鸭从葡萄牙来到了这里。有人又说她是从西班牙来的，但是这也没有什么太大的分别。大家管她叫葡萄牙的鸭子。她下蛋，之后被人杀掉，再然后被做成菜被人们拿出来吃，这些就是她一生的经历。不过，从她生的蛋里爬出的那些小鸭子们居然也被他们叫作葡萄牙的鸭子——这里面倒颇有故事。这整个家族到现在只剩下一只鸭子了。她住在养鸭场里，并且这个场里鸡也可以进去。里面有一只公鸡就趾高气扬地走来走去。

　　"我讨厌他大声地叫，"葡萄牙的鸭子不屑地说，"不过，虽然他不是一只公鸭，不过他倒还是蛮漂亮的——当然谁也不能否认这一点。我觉得他应该略微节制他的声音一下，然而'节制'是一项艺术，只有那些受过高等教育的人才做得到。附近菩提树上的那些小小的歌鸟就是这样。他们唱得才很好听呢！他们的歌声中有某种感动人的成分，我觉得只有这种特点才配得上'葡萄牙'这三个字。假如我有这样一只小歌鸟，我倒是很愿意做一个慈爱的母亲呢，在我的血液里——葡萄牙的血统里——我应当拥有这种慈爱的心肠。"

　　她正说这话时，突然有一只小小的歌鸟从天空中坠落下来了。他正是从屋顶上倒栽葱似的坠落下来的。先前一只猫儿一直在追他，但鸟儿拍打着受伤的翅膀逃开了，最后掉落到养鸭场里来。

　　"你看猫儿这只坏东西，原形毕露了吧！"葡萄牙的鸭子说，"自从我有了孩子之后，我就已经教过他了！像这样的一个东西居然能够得到生存的权利，在那屋顶上跑来跑去的！我想这种事在葡萄牙是不被允许的。"

　　这只小歌鸟可怜她，别的非葡萄牙种的鸭子觉得他很可怜。

　　"这可怜的小东西！"她们这样说着，一个个地围过来了。"我们都是不会唱歌的，"她们兴奋地说，"不过我们都在内心有一种'歌唱感'或类似东西。这一点我们能够感觉得到，虽然我们没有经常把它挂在嘴边。"

"但是我可要把它讲出来，"葡萄牙的那些鸭子说，"并且我要帮助他，这是我应当承担的责任。"于是她跳进水槽里去，用它的翅膀在水中大拍一通。她拍出来的水几乎快把这只小歌鸟淹死了，但是她的用意是好的。"这才是真正的帮助人呢，"她说，"别人可以仔细看看，向我学习吧。"

"吱！"小鸟叫了一声。他有一只小翅膀受了伤，已经飞不动了，不过他明白，这次淋水的神情完全是善意导致的。"太太，您是一个好心肠的人！"他学着她说，不过他可不希望再淋一次水。

"我从没想到过我自己，"葡萄牙的鸭子说，"不过有一件事情我是知道的：我爱我周围一切的生物——猫除外。谁也不能指望我会爱他，他曾经吃掉过我的两个小孩！请你把这里当作你自己的家吧，你是可以这样办的啊！我就是从国外来的——这一点你能够从我的姿态和我的羽衣就能看得出来。我的鸭公是本地人，并没有像我这样的血统——但是我并不因为这而骄傲！如果你说这里有什么人了解你自己的话，我敢说这人就是我。"

"她的嗉子里面全是葡萄拉①。"一只很风趣的普通的小鸭子说。其他的普通小鸭子认为"马齿苋"这三个字用得十分妙，它的发音跟"葡萄牙"这个词差不多。大家轻轻地推了彼此一下，同时齐声说了一声"嘎！"这只小鸭子真是滑稽透了！所以大家便开始关注起那只小小的歌鸟了。

"葡萄牙那鸭子在语言这方面真是有本领，"大家议论纷纷说，"在我们的嘴里就装不住这么大的字眼，只不过我们的同情心并不比她小。假如我们不能代替你做点什么事，我们就连一句话也不会讲的，我们觉得这是

---

① 原文是 Hua hat Portulak i Kroen，无法翻译。葡萄拉（Portutulak）在丹麦文里是"马齿苋"，而 Portulak 这个字眼与"葡萄牙"（Portugal）的读音相似。因此当葡萄牙的鸭子说她身体里有葡萄牙的血统时，这只小鸭子就开她一个文字玩笑，说她的身体里全是"葡萄拉"（马齿苋）。

最好的办法!"

"你的声音十分美丽,"最老的一只鸭子赞美它说,"你这样能够使许多人快乐,你自己一定也非常满意吧。对于我唱歌不内行,于是我就把我的嘴关上。这比讲无聊的话要好得多,别人就是喜欢对你讲无聊的话。"

"请不要麻烦他了!"葡萄牙鸭子这样说,"他是需要休息和保养啊。小小的歌鸟,需要我们再给你淋一次水么?"

"哎唷,不要了!我愿意像现在保持干燥!"他强烈要求说。

"对我来说,唯一有效的办法就是水疗。"葡萄牙鸭子说,"不过游戏也十分奏效!邻近的鸡不久以后就要来拜访我们了。他们中间有两只来自中国的母鸡。她们都穿着长裤子,都接受过很好的教育。在我看来,她们的地位应该很高。"

所以,母鸡来了,公鸡也一起来了。这只公鸡今天算是十分客气了,没有摆架子。

"你才是一只真正的歌鸟,"他夸赞她说,"凡是你的声音所能做到的事,你已经全都做到了。但是你还得再加一点劲儿,好让别人一听就知道你是一只小歌鸟。"

那两只中国鸡被小歌鸟的样子迷住了。被水淋了一番它的毛仍然是蓬着的,于是她们就都觉得他非常像一只中国小鸡。

"他太可爱了!"她们开始与他聊起天来。她们都用贵族的中国话,当中包括低声和"呸"这些的声音与他交谈。

"我们和你是同一个种族啊。鸭子,甚至那葡萄牙的鸭子,也是属于水鸟这族的,这点你一眼就能看得出来。现在你还不认识我们,但是有多少人认识我们或是愿意花点工夫来认识我们呢?一个人都没有,连一只母鸡都没有,即使比起大多数人来,我们生来就是要栖息在更高一层的栖柱上的。但是这也没有什么了不起的:我们与大家一起安安静静地过日子。他们的愿望跟我们的愿望大不相同,但我们只看那好的一面,我们只谈好的事情,本来没什么好话而硬说好话是十分困难的。除我们两个和那只大公鸡以外,鸡屋中再没有一个天才。谈到'诚实'这养鸭场中没有一个人是诚实的。小歌鸟,我们忠告你:你一定不要相信那边的那个短尾巴的女人,她才很狡猾呢。那个翅膀上长着弯弯线条的杂色女人专门找人吵架。虽然大部分时间她自己是没有理的，可她不让其他人讲一句话。那里的一只肥鸭子总是在说别人的坏话，这就是与我们的性格相反的。假如你不能说别人的好话，那么你就应该把嘴闭起来好了。那只葡萄牙鸭子是唯一接受过一点教育的人。你可以与她来往，只不过她太感情用事，老是谈起葡萄牙。"

"那两个中国女人话真多！"一对鸭子说，"她们真的让我感到十分讨厌！我从没跟她们说过话。"

现在公鸭来了！他还以为歌鸟是一只小麻雀。

"嗯，我看不出有什么分别，"他不屑地说，"全都是半斤八两！他只是一个玩物。有没有他都是一样的。"

"不要听他说的这一套！"葡萄牙鸭子压低了声音说，"他做起生意来的确是蛮有道理的，近日他只懂得生意。只不过现在我想要躺下来休息一下。我觉得我应该这样办，目的是为了使我能长得胖些，好使人能在我的身上涂上一层苹果和梅子酱①。"

所以，她眨着一只眼在太阳光中躺了下来。她在那儿舒舒服服地躺着，歌鸟赶忙啄他那只受了伤的翅膀，最终也在他的恩人的身边躺下来。太阳光照得它又温暖，又光明。这真的是一块好地方。

邻家来的母鸡正在扒土。实话说，她们来拜访完全是为了找些东西吃。那两只中国鸡就先离开了，其余的也跟着离开了。那只幽默的小鸭在说到葡萄牙鸭子的时候说，这个老太婆就快要度过她的"第二度童年"了。其他的鸭子也都笑起来："第二度童年！他这话说得有意思！"所以，大家就又提起第一次关于"葡萄拉"的玩笑。那真是非常非常滑稽！接着，大家就都躺下来了。

他们躺了一会儿之后，突然有人向场子里抛了一点点吃的东西。这些东西"砰"的一声坠落到地上，把大家从睡梦中惊醒了，拍起了翅膀。那只葡萄牙鸭子也醒来了，她翻了个身，把那只小歌鸟压得喘不过气来。

"吱！"他这样叫起来，"太太，您压着我了，太重了！"

"谁让你躺在我前面呢？"她说，"你的神经太过敏了！我也有神经的

① 欧洲人吃烤鸭时经常用苹果酱和梅子酱做作料。

时候呀，但我从来不'吱'一声！"

"请您不要生气啊！"小鸟说，"这个'吱'的确是不知不觉之中从我的嘴里冒出去的。"

葡萄牙鸭子不理会他，都只是尽快地抢着那食物吃，吃得十分痛快。吃完之后她又躺了下来。小鸟走过来，想博得她的好感：

滴——呖，滴——呖！
您的心好地，
是我歌唱的主题，
我要飞起，飞起。

"吃完饭之后我必须得休息一下，"她说，"既然你住在这里，就必须遵守这里的规矩！现在我要睡了。"

那太太睡醒之后，他衔着他所找到的一颗小麦粒站在她的面前。他把那麦粒放在她脚下。但她并没有睡好，心情自然很不好。

"请把这送给小鸡吃吧，"她说，"不要总待在我旁边呀！"

"但，您为什么要这样生我的气呢？"他问，"我到底做了什么对不起您的事呢？"

"做了什么对不起我的事！"葡萄牙鸭子愤怒地说，"请您注意您的措辞！"

"昨天这里还有太阳光，"小鸟说，"今天这里却是十分阴暗的！这让我感到非常难过。"

"你对于天气的知识真是一窍不通呀！"葡萄牙鸭子说，"这一天还没有过完呀。不要待在这儿像是傻瓜一样吧！"

"您看人的那副凶狠样子，和我落到那里时那些恶狠狠的眼睛看我的凶样子差不多。"

"简直太岂有此理了！"葡萄牙鸭子更愤怒地说，"难道您把我和那个强盗——那猫相比吗？我身体中一滴坏血也没有。我必须得为你负责任，我一定要教你一些礼貌。"

后来，她就把这只小歌鸟的头咬掉了。于是他倒下死了。

"这是什么意思啊？"她说，"难道他连这一点都受不了么？这样说来，他的确是不配活在这个世界上的了！我对他一直都是像一个母亲，这一点我是知道，我有一颗母亲的心。"

邻家的公鸡把头伸到院子里，像是一只火车头似的大叫了一声。

"你这一叫简直是要把我吓死了，"她说，"这全都要怪你。他被吓掉了脑袋，我也几乎要吓掉了脑袋。"

"他这小东西有什么值得一提的！"公鸡不屑地说。

"对他说话还是放客气一些吧！"葡萄牙鸭子劝告说，"他有独特的声音，他还会唱歌，他受到过很好的教育！他十分体贴，也非常温柔——不论是在动物中，或者你所谓的人类中，这些都是很好的。"

所有的小鸭子都挤到这只已死去的小歌鸟身边来。不仅他们感到怜悯或嫉妒，他们都表现得十分热情。既然现在这儿没有什么东西可以嫉妒，他们自然都感到怜悯，甚至连那两只中国母鸡都是这样。

"我们也再找不到这样的小歌鸟了！他几乎要算得上是一只中国鸟了。"于是母鸡们都嘎嘎地哭起来，只不过鸭子只是把眼睛弄得红了一点。

"我们全都是好心肠的人，"她们装腔作势地说，"谁也不能否认这一点。"

"真是好心肠！"葡萄牙鸭子说，"是的，我们的确都是好心肠，这差不多就像是在葡萄牙一样！"

"现在我们还是找些东西塞进嗉子里去啊，"鸭公这样说着，"这才是最重要的事情啊！打破了一个小玩物算什么啊？我们有的是！"

瓶　颈

在一条狭窄弯曲的小胡同中，在许多穷苦的住屋里，有一个既窄小又很高的木房子。它四边都要倒塌了。屋子中住的全是穷人，而住在顶楼的人最穷。在这房间的一个小窗子前面，挂着一个歪斜着的鸟笼，里面连一个适合的水盅也没有，在它的外面，有一个转倒来的瓶颈，瓶嘴上塞着一个塞子，瓶中装满了水。一位老小姐站在打开着的窗子边，她刚刚用蘩缕草把这鸟笼打扮一番。一只小鹅鸟就从这根梁跳到那根边跳边唱，唱得非常起劲啊。

"是的，你可以唱歌！"瓶颈这样说，它自然不是像我们这样讲话，因为瓶颈它是不会讲话的，它只不过是在心里这样想，正如我们静静地在心里说话一样。"是的，你可以唱歌！因为你的躯体是完整的呀。你应该好好体会一下我们的情况：没有身子，只剩下一个颈和一张嘴，而且像我一样嘴上还堵着一个塞子。这样你就不能唱歌了。但能作作乐也是一件好事！我没有任何的理由唱歌，并且我也不会唱。是的，在我还是一个完整的瓶子的时候，倘若有人用塞子在我身上擦几下的话，我也是能唱的。人们称作十全十美的百灵鸟，啊，伟大的百灵鸟！当毛皮商人和我一家人在树林里那时候！当他的女儿在订婚的时候！是的，我还记得那情景，仿佛它就是昨天才发生的事情似的。回忆一下，我所经历过的事情可真是很多了。我经历过火和水，在黑泥土里面待过，也曾比大多数的东西爬得更高过。可现在我却悬在这鸟笼的外面，在太阳光中悬在空气中！我的故事值得听一听；我不把它大声讲出来，我不能大声讲。"

所以，瓶颈就在心里讲着这故事，也可以说成是在心里想着自己的故事。这是个很奇怪的故事，那只小鸟愉快地歌唱，街上的人有的乘车，有的步行，自己想着自己的事，也许什么事他也没有想。但是瓶颈在想。

　　它是在想着工厂里那个热气腾腾的熔炉。它就是在那里被熔成瓶形的。它仍记得那时它很热很热，它曾向那个发出啦啦声的炉子，它的老家，远远地望过一眼。它实在想再跳到里面去；但是后来它慢慢地冷掉了，它觉得它那时的样子也蛮好的。它立在一大群伙伴的行列中间——都是从同一个熔炉里出来的。不过，有的被熔成了香槟酒瓶，有的被熔成了啤酒瓶，而这是有区别的！在它们走近世界里之后，一个啤酒瓶很可能会装起最贵重的"拉克里麦·克利斯蒂"①，但是一个香槟酒瓶可能只装着黑鞋油。不过一个人天生是什么，他的样子就总不会变的，贵族毕竟是贵族，哪怕他满肚子装的是黑鞋油也一样。

　　不久所有的瓶子就被包装起来了，我们故事中的这个瓶子也在其中。在那之前，它从没想到它将会成为一个瓶颈，被当作鸟儿的水盅，终究这是一件无比光荣的事情，这说明它还有用处的！可它再也没有办法见到天日，直到最终它才跟朋友们一块儿从一个酒商的地窖里被取出来，这是它第一次在水里好好地洗了一通，十分滑稽的感觉。

　　它躺在那儿，静静地，空空地，没有瓶塞。它感到很不愉快，它少了一件什么东西，究竟什么东西，它自己也讲不出来。最后它被装满了贵重的美酒，并按上一个塞子，封了口。它的上面贴着一张纸条："上等"。它觉得就好像在考试时得了优等一样。不过酒的质量的确不坏，瓶子也不错。一个人的年轻时代就是诗的时代！其中有着它所不清楚的优美的音律：阳光照耀着的山岳，绿色的，那上面长着葡萄，有快乐的女子和男子在歌唱，在接吻。生活是那么美丽啊！在这瓶子的体内，现在这种优美的歌声，像在年轻诗人的心中一样，他们经常不知道他们在心里唱的是什么。

　　一天早晨，瓶子被人买去了，毛皮商人的学徒被他派去买最上等的酒。瓶子就和火腿、干牛酪和香肠一块儿被放进了篮子里。这里还有最美的黄油和最好的面包，毛皮商人的女儿亲手装进来的。她是那么美丽，那么年轻。她有一双棕色的笑眯眯眼睛，而她的嘴唇上也总是飘着微笑，跟她的眼睛一样地富有表情的微笑。她那双柔嫩的手白得可爱，并且她的脖

_____

　　①　这是一种酒名，原文是 Lacrymae christi。

子和胸脯更白嫩。人们一眼就可以看出，她是全城中最美的女子，而她没有订过婚。

当这一家人都到森林里去野餐时，篮子就放在这位小姐的腿上。瓶颈从白餐巾的尖角里探出来。塞子上有红蜡封着，它一直望着这姑娘的脸，它也朝着坐在这姑娘旁边的一个年轻的水手望。他是她儿时的好友，一位肖像画家的孩子。他最近考试得了优等，成了大副，明天，他就要开着船到一个遥远的国度去了。瓶子被装进篮子里时，他们正在谈论着与这次旅行有关的事情。那时候，这位毛皮商人的漂亮女儿的一对眼睛和嘴唇并没有露出什么高兴的表情。

这两个年轻人在绿树林之间漫步着，交谈着。他们到底在谈什么呢？是的，瓶子听不到，它是被装在菜篮子里。过了很长时间以后，它才被取出来。然而当它被拿出来的时候，大家已经很高兴了，所有的眼睛都在笑着，毛皮商人的女儿也在笑。只不过她的话讲得很少，而且她的两个脸蛋红得像两朵玫瑰花。

她父亲一手拿着酒瓶，一手握着拔瓶塞的螺丝钳。的确，被人拔是一种很奇怪的感觉，尤其是第一次。瓶颈永远也忘不了这件事给它印象最深的那一刻。的确是，当那个小瓶塞飞出去时，它心中说了一声"扑！"当那酒倒进杯子中的时候，它就咯咯地唱了一两下。

"祝福这一对新婚健康！"爸爸说。总是在干杯。那个年轻的水手亲吻着他十分美丽的未婚妻。

"祝你们新婚幸福和快乐！"老年夫妇高兴地说。

这时年轻人又倒满了一杯酒。

"明年的这时就要回家结婚！"他高兴地说。当他把这酒喝干了时，他把那瓶子高高地举在半空中，说："在我这一生中最愉快的一天里，你刚好在场，我不希望你再为别人服务了！"

所以，他就把这瓶子扔向了空中。毛皮商人的女儿坚信她绝对不会再有机会看到这只瓶子了，但是她却看到了，它掉落到树林中一个小池边浓密的芦苇中去了。瓶子到现在还弄不清楚它怎么会躺在这样一个地方。它想：

"我给他们提供酒，他们却给我池水！也许，他们原来的用意是非常好的！"

之后它就再也没有看到这一对订了婚的年轻人和那一对快乐的老夫妇了。但是它有好一会儿还能够听到他们的欢乐的歌声。到最后，有两个农家孩子走过来了。他们向芦苇丛里望着，发现了这个瓶子，所以就把它捡起来。现在它总算是有个归宿了。

他们住在一间木房子里。他们的大哥是一个水手。昨天他回家告别，他要去做一次长途旅行。他的母亲在忙着帮他包装旅途中需要用的一些零碎物品。这天晚上，他的父亲就要把行李送进城里去，想要在离别之前再看儿子一眼，同时替母亲说几句告别的话。行李中还放有一瓶药酒，在这时孩子们恰巧拿着他们刚刚所找到的那个更结实的大瓶子走进来。与那个小瓶子比起来，这瓶子能装更多的酒，并且还是能治消化不良的好烧酒，那里面浸有药草。瓶子中所装的不是先前那样的红酒，反而是苦味的药酒，但是这也是很好的——对于胃痛来说很好的。而现在要装到行李中去的就是这个新的更大的瓶子，而不是先前的那个小瓶子。于是这瓶子就又开始旅行起来。它与彼得·演生一起上了船。那就是那个年轻的大副所乘坐的船。但他没有看到那瓶子。的确，他也不会知道或想到，它就是曾经倒出酒来、祝福他订婚和他能够安全回家的那只瓶子。

当然了，它里面并没有好酒，但它依旧装着同样棒的东西。当彼得·演生把它拿出来的时候，他的朋友们依旧把它叫作"小药瓶"。它里面装着上好的药——治腹痛的药水。只要它还有一滴剩下，它总是十分有用的，这要算得上是它幸福的时候了。用塞子擦拭着它的时候，它就会唱出歌来。于是它被人称作"大百灵鸟——彼得·演生的百灵鸟"。

漫长的时光过去了。瓶子只是待在一个小角落里，它已经空了。这时发生了一件事情——到底是在出航时发生的呢，还是在回家的途中发生的，它说不太清楚，它也从没上过岸。暴风雨狂起来了，巨浪沉重地、阴森森地颠簸着，船也在起落不定。主桅杆在碎裂，巨浪也把船板撞开了，抽水机现在也已经无能为力了。在这漆黑的夜，船正在下沉着。但最后一瞬间，年轻的大副在一张纸上写下这样的句子："愿耶稣保佑！现在我们要沉了！"他写下了他未婚妻的名字，同时也写下自己的名字和这艘船的名字，之后把纸条塞在手边的这只空瓶子中，把塞子盖好，又把它扔进了波涛汹涌的大海中。他自然不可能知道，曾经它为他和她倒出过希望和幸福的酒！而现在，它却带着他的祝福和死神的祝福在浪花之中漂流。

船下沉了，连船员也一起下沉了。这瓶子像鸟儿似的飞翔着，它身体中带着一颗心和一封给亲爱的信。太阳升起，又落下。这对瓶子说来，这就好像他在出生时所看到的那只红灼灼的熔炉——它那时是多么希望能再次跳进熔炉中去啊！

它曾经看见过晴朗的天气和暴风雨，但它并没有撞到石礁，也并没有被什么沙鱼吞掉。它就这样漂流了不知多少年，有时向北漂流，有时向南漂流，完全由浪潮的流动所左右。除这以外，它也可以算是独立自主了！但，有时它也不禁对于这种自由自在感到厌倦。

那张小字条——那张代表了恋人及未婚妻最后的告别的字条，假如它到达她手中的话，只会给她带来悲哀；但那双白嫩的、曾经在订婚那天在树林里新生的草上铺桌布的手现在在什么地方呢？瓶子这些一点也不知道。它向前漂流着，漂流着，最后它漂流得厌了，漂流到底不是生活的目的，但它又不得不漂流，直到最后，它也到达了陆地。又到达了一块陌生的陆地上。这里人们所讲出来的话，它一句也听不懂，这不是它先前所听到的那种语言。一个人完全不懂当地的语言，真的也是一件很大的损失。

瓶子完全被捞起来了，并且也被检查了。它里面的小纸条也被抓到了，又被取了出来，同时也被人翻来覆去地看，但它上面所写的事情却没有人能够看得懂。他们清楚地明白瓶子一定是从某条船上抛下来的，所以纸条上一定写着的是这类的事情。但纸上的字却成了一个谜。所以，纸条又被塞进瓶子中去，之后被放进了一个大大的柜子里。现在它们都在一座大房子的一个大房间里。

每次有生人来访时，纸条就会被取出来，被翻来覆去地看，使得上面铅笔字变得越来越模糊了，到最后，连上面的字母也没人就看得出来了。

这瓶子就在柜子里待了一年。后来，它又被放到顶楼的储藏室中去了。它全身布满了灰尘和蜘蛛网。所以，它就想起了属于它自己的幸福的时光，想起那天它在树林中倒出红酒，想起那天它带着一个秘密、一条音讯、一个别离的叹息声在海上漂流着。

它在顶楼里面待了整整二十年。要不是这房子重建的话，可能它还要待得更长些。屋顶都被拆掉了，这瓶子也被人发现了。大家都在谈论着它，但它却听不懂他们的话，一个人被锁在顶楼中的时候是绝对不能学会另一种语言的，哪怕他待上二十年也是不行的。

"倘若我住在那下面的房间中，"瓶子想，"可能我已经学会这种语言了呢！"

它现在又被重新洗刷了一番。这的确是十分有必要的。它感到明亮和新鲜，真是返老还童了呢。但它带来的那张小纸条，已经在洗刷之中被彻底毁掉了。

瓶子里面装满了种子。它自己不知道这些是什么种子。它被盖上了塞子，同时也被包装好了。它既看不见灯笼，也看不见蜡烛，更谈不上月亮或者太阳了。但是它想：自己在旅行时，应当看一些东西才是。但它什么也没有看见。只不过，他总算是做了一件很重要的事情——它已经旅行到了目的地，同时也从包裹中被拿出来了。

"那些外国人们该是费了多少功夫才把这瓶子包装得这么好啊！"它刚刚听到人们说，"它早就该坏了。"但它并没有坏。

现在瓶子懂得人们所说的每一个字：这些就是它在熔炉中、在酒商的店中、在树林中、在船上所听到的、它所能听得懂的那种唯一的、亲爱的语言。现在它又回到家乡来了，而且受到了极大的欢迎。出于一时的高兴，它倒很想从人们的手中跳出来。在它还没有发觉之前，它的塞子就被拿出来了，它里面的那些东西就被倒出来了；它自己于是就被送到地下室，被赤裸裸地扔在了那儿，被人们忘掉了。哪里也没有家乡好，哪怕只是待在地下室里面！瓶子自己从没想过，它在这儿待了多久：它在这儿感到很舒服，它在这里躺了许多年。最终，人们到地下室来，把所有的瓶子全都清除出去了，包括这只小瓶子在内。

花园里面正在开一个非常盛大的庆祝会。闪耀的灯儿都悬挂着，像那些花环一样，纸灯笼都射出光辉，像大朵大朵透明的郁金香。这是一个十分美丽的晚上，天气是晴朗的，星星正在眨着眼睛。这正值上弦月时，但事实上，整个月亮都显现出来了，像是一个深灰色的大圆球。在它的上面镶着了半圈金色的边框，这在视力好的人看来，是一个十分美丽的景象。

甚至灯火把花园中最隐蔽的小路都照到了：照得可以让其他人找到

路。篱笆上的树叶中有许许多多瓶子，每个瓶子都会发光。我们所熟识的那个瓶子，也还在这些瓶子之间。有一天命中注定它要变成一个瓶颈，一个只是供鸟儿吃水的小盅。

一时间，它觉得所有都是无比的美丽：这时的它又回到绿树林中，又在欣赏着欢乐和庆祝的景象。它仿佛听到歌声和音乐，仿佛听到许多人的说话声和低语声，尤其是花园点着玻璃灯和不同颜色的纸灯笼的那里。的确，它是立在一条小径上，然而这正是使人感到十分了不起的地方。瓶子里面点着一个光亮，既有用，又感到十分愉快。这样的一个钟头，能使它忘记它在顶楼上所度过的那二十年时光，忘掉了也是很好嘛。

两个人在它旁边这样走过去了。他们就手拉着手，像是多少年之前在那个树林中的一对刚刚订了婚的恋人——水手和那个毛皮商人的女儿。瓶子仿佛又重新回到那个情景里去了。那花园中不仅有客人在散步，与此同时还有许许多多别人到这里来参观这良辰美景。就在这些人的中间，有一位完全没有亲戚，但并不是没有朋友的老小姐。就像这瓶子一样，她也正在努力地回忆着那个绿树林，那对之前订过婚的年轻人——这一对年轻人也牵涉到了她，跟她的关系十分密切，她就是其中之一。那时她一生中最幸福的时刻——这种时刻，她是永远忘不了的，虽然她变成了这么一个老小姐但她还是忘记不了。

然而她不认识这瓶子，同样瓶子也不认识她，人与人之间的关系常常就是这样，即使他们有时又碰到了一起。他们俩就是这样，他们现在居然又在同一个城市之中生活。

瓶子又从这花园跑到一个酒商的店里面去了。它又装了满满的酒，被别人卖给了一个飞行家。这人要在下星期日的时间坐着气球飞到空中去。将会有一大群人聚集来观看这个场面；这里还有军乐队和许许多多其他的布置。安静地待在一个篮子里的小瓶子和一只小兔子，看到了这件事的全部景象。兔子感到十分沮丧，因为它知道自己将要升到空中去，之后又要跟着一只降落伞一起落下来。但瓶子对于"上升"和"下落"的事情一点都不知道，它只是看到这气球越鼓越大，它被鼓得不能再鼓的时候，就开始上升了，越升越高，并且动荡起来。这时系着它的那条绳子就在这时被剪断了。就这样它带着那个飞行家、篮子、瓶子和兔子开始飞行起来。

音乐演奏起来了，大家都高呼着："好！"

像是这样在空中航行真是非常美妙！"瓶子想，"这是新式的一种航行，在这上面无论如何也是触不到暗礁什么的。"

成千上万的人们在注视着这只气球，那个老小姐也抬起头向它凝望。她站在一个顶楼窗子的前面。这里挂着一只鸟笼，里面住着一只鹨鸟。它还没有一只水盅，现在只得使用一个旧杯子。这窗子上有一株桃金娘。老小姐把它往旁边移了一点，免得它掉下去，因为她刚要把头伸到窗子外面去看。她清楚地看到热气球里的那个飞行家，看到他让兔子和降落伞一起下落，看到他对观众举杯，最终把酒瓶向空中扔去。她并没有想到，曾在她年轻时，在那个绿树林里的最欢乐的一天，正是这个瓶子，为了庆祝她和她的男朋友在一起，也曾经一度被抛向空中去。

瓶子已经来不及想什么了，因为它突然一下子升到了生命的最高峰，它连做梦也没有想到。教堂塔楼和屋顶摇晃着躺在下方，人群看起来渺小得很。

这时候它开始下落，并且下落的速度比兔子的速度要快得多。瓶子就在空中翻了好几个筋斗，它觉得自己非常自由自在，非常年轻。瓶子还装着半瓶酒，即使它再装不了多久了。这真是一次了不起的旅行！阳光照在瓶子上，许多人都在看着它。气球已经飞得很远了，瓶子也落得很远了。它落到一个屋顶上，于是跌碎了。但是碎片崩出一种动力，弄得它们停不下来。它们跳，滚，一直掉落到院子里，摔成了更小的碎片。只有瓶颈还算完整，更像是用金钢钻锯下来的。

"把它拿来做鸟儿的水盅是十分合适的！"有个住在地下室的人说。但他既没有雀儿，也没有鸟笼。为了一个可以做水盅的瓶颈就去买一只鸟和一只鸟笼来，那未免也太不实际了。然而，住在顶楼的那位老小姐也许用得着它！所以，瓶颈就被送到顶楼去了，还拥有了一个塞子。先前朝上的那部分，现在已经朝下了，当客观情势变化的时候，这类事情是常会发生的。它里面装满了新鲜的水，而且被系在笼子上，面对着那只小鸟。小鸟儿现在正在唱歌，歌声很美。

"的确，你倒可以唱歌啊！"瓶颈羡慕地说。

它的确是了不起，它在气球里待过，大家所知道的关于它的历史也只有这一点点。但现在它却成为了鸟儿的水盅，被吊在那儿，听着外面街道上的喧闹声和低语声，还有房间里那老小姐的说话声：一个同等年纪的朋友刚刚来拜访过她，她们小声地聊了一阵，这不是关于瓶颈，而是关于窗子上的那棵郁金香。

"不，花费两块大洋为你女儿买一只结婚的花环，似乎的确没有这个必要！"老小姐这样说，"我送你一个开满了花的、美丽的花束吧。你看，这花长得多么漂亮！是的，它就是那一根郁金香枝子开的。这枝子是你在我订婚之后的第一天送我的。本来那年过去以后，我应当使用它为我自己编织成一个结婚的花环，可是那个日子永远也没有到来！那双应该属于我自己一生快乐和幸福的眼睛①永远闭上了。他，我亲爱的爱人，现在正睡在海的深处。这棵郁金香已经长成了一棵老树，而我却变成了一个老人。当花朵凋零了以后，我折下它最后的一根绿枝，将它插在土里，现在这根绿枝长成了一株树。现在你可以使用它为你的女儿织成一个结婚的花环，郁金香总算碰上了一次婚礼②，总算有些用处了！"

这位老人的眼里含着泪珠，她说起她年轻时代的恋人，和他们在树林里浪漫的订婚。她忍不住想起了那次的干杯，想起了当年那个初吻，她现在不愿意再讲这事情了，而且她已经是一个老人了。她想起的事情很多，但她却从没想过在她的旁边，在这窗子前面，就有那个时代的一个纪念物：一个瓶子，当它的塞子为大家的干杯而被拔出来的时候，还曾发出过一个无比快乐的欢呼。不过瓶子也不认识她，它没有听她讲话，主要是由于它老在想着它自己。

———————————

① 指她的未婚夫。
② 丹麦的风俗，一个女子结婚时要戴一个郁金香编的花环。

小鬼和小商人

　　以前有一个学生，他住在一间房子的顶楼①里，什么也没有；同时有一个小商人，住在第一层楼上，拥有着整幢房子。这个小鬼就和这个小商人住在一起。在这儿，在每个圣诞节的前夜，他总能得到一些麦片粥吃，里面还有一块大黄油！这个小商人能够供给这些东西，所以小鬼就住在他的店里，而且这件事是富有教育意义的。

　　一天晚上，学生从后门走进来，给自己买些蜡烛和干奶酪。没有人为他跑腿，他才亲自来买。他买到了他所需要的东西，也付过了钱。小商人和他的太太对他频频点头，表示晚安。这位太太能做的事情却并不止点头这些，她还有会讲话的天才！

　　小学生也点了点头。之后他忽然站着不动了，读起那包干奶酪的那张纸上的字。这是从一本旧书上撕下的一页。这页纸本是不应该撕掉的，这是一部很旧的诗集。

　　"这样的书还有很多！"小商人说，"都是我用几粒咖啡豆从一个老太婆那儿换来的。你只须给我三个铜板，就可以把剩下的全都拿去。"

　　"谢谢，"学生有礼貌地说，"那请你给我这本书，把干奶酪收回去吧，我只吃黄油面包就可以了。把一本整书撕得乱七八糟，真是罪过。你是一个能干的人，一个实际的人，不过就诗说来，你是不会比那个盆子懂得多的。"

　　这句话说得十分没有礼貌，特别是用那个盆子来做比较；但是小商人大笑起来，学生也大笑起来，这句话不过是开开玩笑罢了。但那小鬼却生

---

　　①　顶楼（Qvist）即屋顶下的一层楼。在欧洲的建筑物中，它一般用来堆破烂的东西。只有穷人或穷学生才住在顶楼里。

了气：居然有人会对卖最好的黄油的商人兼房东说出这样的话来。

夜到来了，店铺关了门。除了学生之外，所有人都上床去睡了。小鬼走进来，拿走小商人的太太的舌头，她在睡觉的时候并不需要它。只要他把这舌头放在屋子里的哪个物件上，这物件就能发出声音，说起话来，并且还可以像太太一样，表达出它的思想和感情。但一次只能有一个物件利用这舌头，而这倒也是一件幸事，否则它们就要彼此打断话头了。

小鬼把舌头放到那个装报纸的盆子里。"有人说你不懂诗是什么，"他问，"这话是真的么？"

"我当然懂得咯。"盆子不同意地说，"诗是一种印在报纸上补白的东西，可以随便剪掉不要的。我相信，我身体里的诗句要比那个学生脑中多得多；但是对商人说来，我只是一个没有价值的盆子罢了。"

小鬼又把舌头放在一个咖啡磨上。哎呀！咖啡磨简直成了一个话匣子了！他还把舌头放在黄油桶上，然后放到钱匣子上，它们的意见都与盆子的意见一样，必须尊重多数人的意见。

"好吧，我要把这些意见告诉那个学生去！"

于是，小鬼就悄悄地从后楼梯走上学生所住的那间阁楼。房间里还点着蜡烛，小鬼从门锁孔里朝里面偷偷地看。他看见学生正在读他从楼下拿去的那本破诗集。

这房间里是多么明亮啊！从那本书里冒出一根亮晶晶的光柱。它伸展成为一根粗壮的树干，变成了一棵大树。它长得非常非常高，而且它的枝丫还在学生的头顶上向四面八方伸展开来。每片叶子都十分新鲜，每朵花儿都是一个美女的脸：他们的眼睛有的乌黑发亮，有的蓝得晶莹。每一个果子都是一颗明亮的星星；从房里还传出美妙的歌声和音乐。

嗨！这样华丽的景象是小鬼从没有想象过的，更说不上看见或听到过了。他踮着脚尖立在那儿，望了又望，一直到房里的光灭掉为止。学生吹熄了灯，上床睡觉去了。但小鬼依旧站在那儿，音乐还没有停止，声音既舒缓，又美丽；对于即将进入梦乡的学生来说，它算得上是一支十分美妙的催眠曲。

"这真是美妙极了！"小鬼说，"这真出乎我的意料之外！我倒是很想跟这学生住在一起啊。"

接着，他很理智地考虑了一下，叹了一口气："可是这学生没有粥给我吃！"所以他走下楼来，又回到那个小商人那里去了。这时他回来得正是时候，因为那个盆子几乎快把太太的舌头用烂了：它已经把自己这一面所装的东西全都讲了，现在它正打算翻转身来把另一面再讲一遍。正在这时候，小鬼来了，把这舌头带走，还给了太太。不过从这时候起，整个店——从钱匣一直到木柴——都开始随声附和盆子了。它们尊敬它，五体投地地佩服它，甚至到后来店老板晚上从报纸上读到对艺术和戏剧批评文章时，它们都相信这是盆子的意见。

但是，小鬼再也没有办法安静地坐着，听它们卖弄报纸上的智慧和学问了。不过，只要顶楼上一有灯光投射出来，他就觉得这些光线好像就是锚索，生要把他拉上去。他不得不又一次爬上去，把眼睛贴在那个小钥匙孔上朝里面望。它心中升起了一种豪迈的感觉，就像站在波涛汹涌的、正受暴风雨袭击的海岸边一样。他不禁哭了出来！他自己也不知道他为什么要流泪。但他在流泪的时候却油然而生一种幸福之感：跟学生一起坐在那株树下实际该是多么幸福啊！然而这是做不到的事情，他能在小孔里看一下也就非常满足了。

他站在冰冷的楼梯上，秋风从阁楼的圆窗吹进来，天气已经变得非常冷了。但是，只有当顶楼上的灯灭了，音乐停止了的时候，这个小矮子才开始感觉到寒冷。嗨！这时他就打起寒战来，爬下楼梯，回到他自己的那个温暖的角落里去了。那儿很舒服很安逸！

圣诞节的粥和一大块黄油来了！这时他才能深切地体会到商人才是他的主人。

不过半夜的时候，小鬼被窗户上一阵可怕的敲击声惊醒了。外边有人在大喊大叫。守夜人在吹着号角，发生了火灾，整条街上都是一片火焰。火是在自己家里烧起来的呢，还是在隔壁房中烧起来的？究竟是从什么地方烧起来的呢？大家都陷入一片恐怖中。

小商人的太太被弄糊涂了，连忙扯下耳朵上戴的金耳环，塞进衣袋，认为这样总算救出了一些东西。小商人忙着去找他的股票，女用人跑去找她的黑绸披风——因为她没有多余钱再买这样一件衣服。每个人都想抢出自己最珍贵的东西。小鬼自然也是这样。他只用了几步就跑到楼上，跑进学生的房里。学生正泰然自若地站在开着的窗子面前，眺望着对面那幢烧红的房子。小鬼把放在桌上的那本书抢了过来，塞进自己的帽子里，同时用双手捧着那个帽子。现在，这里最好的宝物总算被救出来了！他赶紧逃跑，一直跑到屋顶上，跑到烟囱上。他坐在那儿，对面那幢房子燃烧的火光照着他，他双手抱着那顶藏有最珍贵宝贝的帽子。现在，他才知道他心里的真正想法，知道他的心是真正向着谁了。不过，等到火被熄灭以后，等到他的头脑冷静下来以后；嗨……

　　"我得把我自己分给两个人，"他说，"为了那粥，我不能舍弃小商人！"

　　这话说得似乎很近人情！我们大家也都到小商人那儿去——为了我们的粥。

曾祖父

　　我的曾祖父是一个十分可爱、聪明和和蔼的人，于是我们都尊敬他。就我所能记得起的来说，事实上他是叫作"祖父"，也叫"外公"。但当我哥哥的小儿子佛列得里克来到家里之后，他就被提升为"曾祖父"了。他非常爱我们，但是他似乎不太喜欢我们所处的这个社会。

　　"古时候的社会是最好的时候！"他说，"那是一个安稳的时代！现代是忙碌的，一切都是没上没下的。只有年轻人才能讲话！他们的谈话里，皇族就好像是与他们平辈似的。街上随便一个人都可以把烂布浸到水里，在一个绅士的脑袋上拧一把水。"

　　曾祖父讲这话时，脸上涨红起来。但是不须多大工夫，他和蔼的微笑就又出现了。他说：

　　"哎，是的，可能是我弄错了！我只是旧时代的人后，在这个新时代里站不住脚。我倒希望上帝能指引我！"

　　每当曾祖父谈起古代的时候，我就觉得仿佛古代就在我的眼前。我坐在金马车里，旁边有穿制服的仆人们伺候，我看见各种各样同业公会高高地举着它们的招牌，在音乐和旗帜的飘扬中行进；我参加过圣诞节的联欢，人们玩着"受罚"① 和化装游戏。

　　当然，那时候也有许许多多可怕和残酷的事，例如：轮上的酷刑② 和流血的惨事。并且这类残酷事情有时是非常刺激和吓人的。也让我想起了许许多多快乐的事：我想象着丹麦的贵族们让农民重获自由，我想象着丹

———————————

　　① 　这是一种古时的游戏。玩的人因在游戏中犯了某种错误而损失某种物件，要赎回这种物件则必须受一种惩罚。

　　② 　这是中世纪的一种残酷刑罚。受刑者被绑在一个类似轮子的架上，他的肢体被铁棒敲断。

麦的皇太子废除了奴隶的买卖。

　　听曾祖父讲述自己青年时代诸如此类的事情，是非常有意思的。而在这类事情发生以前的那个年代是最好的年代，那是一个伟大且有力的年代。

　　"那是一个粗暴的年代，"佛列得里克哥哥说，"感谢上帝，我们已经远离了那个时代！"

　　这句话是他当着曾祖父的面讲出来的。

　　讲出这样的话是不太合适的，但我却非常尊敬佛列得里克。他是我最大的哥哥，甚至他就像我父亲一样，他喜欢讲许多非常滑稽的话。他是成绩最好的学生。在我父亲的办公室里他工作得也顶好，不久他就可以加入父亲的生意了。曾祖父最喜欢和他聊天，但是他们只要一谈就要争论起来。家里人说，他们两人彼此都不了解，而且永远也不会了解。但，虽然我的年纪很小，但我知道，他们两人谁也舍不得谁。

　　佛列得里克讲到或读到关于科学进步的事情，关于发现大自然威力的事，或关于我们现在这个时代的一切奇妙的事时，曾祖父总是会睁着一双发亮的眼睛听。

　　"人变得比从前更加聪明，但并没有变得比先前更善良！"他说，"他们发明了很多毁灭性的武器相互残杀！"

　　"这样战争就会结束得更快呀！"佛列得里克说，"我们不需要等待七年才得到幸福的和平！世界的精神太饱满了，偶尔也需要放一点血。这是必要的哪！"

　　一天，佛列得里克讲了一个真实的故事，这是现在的一个小城里发生的。

　　市长的钟，市政厅上的那只大钟——为整个城市和城市中的报告着时间。这个钟走得不是太准，但整个城市仍旧依照它办事。没多久这地方修了铁路，并且这条铁路还与别的国家一起。所以人们必须知道准确的时间了，否则就会发生撞车的事。车站中现在有一个按照日光定时的钟，它走得非常精确。但市长却并不理它，而市民们却全都依照车站的时钟来办事。

　　我忍不住笑了起来，我觉得这是一个十分有趣的故事。但曾祖父却笑不起来，他变得非常严肃。

"你讲的这个故事很有道理啊！"他说，"我也明白你把它讲给我听的用意。这故事里面有一个教训。这让我想起了另外一件同样的事，我父母的那座波尔霍尔姆造的朴素的、有铅锤的老时钟。那是我儿时的唯一的计时工具。它走得并不太准确，但是它却在走。我望着它的时针，我们信任它，因此谁也就不理会钟里面的轮子。在那时，国家机构也是这样：人们信任它们，因此也就信任它的指针。而现在的国家机构像一只玻璃钟，人们一眼就可以看到里面的机件，看到它的齿轮在转动，听见它转动的声音。有时候这些法条和齿轮把人弄得害怕起来！我并不知道，它敲击起来会是一个什么样子！我已经失去了儿童时代的那种力量。这就是现代的弱点！"

讲到这里曾祖父就生起气来了。他和佛列得里克两人的看法老是碰不到一起去，而他们两人"正如新旧两个时代一样"，又不能完全分开！佛列得里克要远行去美国的时候，他们两人才开始认识到这种关系，全家人也都认识到了。他也是因为家事才不得不做这次旅行的。对于曾祖父来说，这是一次极其痛苦的别离。那旅行是那么长，要横渡大海，到地球的另一边去。

"每隔两星期我就写一封信给你！"佛列得里克悲伤地说，"你还可以从电报中听到我的消息，这东西比信还快。日子变成了钟点，小时变成了分和秒！"

只要佛列得里克的船一到达英国，他就打来了电报；到了美国，他又打回来了电报——就算是飞云作为邮差也不会有这么快，这是他上岸之后几小时以后的事情。

"电报真是我们时代的恩赐，"曾祖父说，"是我们人类的幸福。"

"并且，这种自然的力量第一次是在我国被发现和传播到外面去的①，佛列得里克是这样告诉我的。"

"不错，"曾祖父说，同时亲吻我，"不错，我曾经注视过那双温柔的眼睛——那双第一次见到和理解这种自然力量的眼睛。那是一双像你一样

———————
① 电磁学说是丹麦科学家奥列斯得（Oerested）于1819年第一次提出的。

孩子气的眼睛！我还紧紧地握过他的手呢！"

祖父又亲吻了我一下。

就这样一个多月过去了。之后我们又接到了佛列得里克的一封信，信上说：他与一个貌美的年轻姑娘订了婚，他相信全家人一定会十分喜欢她的。她的照片也一同寄来了。大家先用眼睛，后来又用放大镜仔细瞧了又瞧那照片。这种照片的好处是人们可以用那最锐敏的镜子仔细地加以研究。的确，它在镜子下面显得更加逼真。任何画家都做不到这些，古代最伟大的画家都做不到。

"假如我们在古代就有这种发明的话，"曾祖父高兴地说，"那么我们就可以面对面地了解世界的伟大之处和世界的造福者了。这个年轻姑娘看起来是多么温柔和善啊！"他兴奋地说，同时朝放大镜中看。"只要她一脚踏进门，我就会认得她了！"

但是，这样的事差一点儿就变得不可能了！很幸运，有些危险在事后我们才知道的。

这对新婚夫妇愉快地、安全地到达了英国。后来他们又从这儿乘轮船回哥本哈根来。他们看见了丹麦海岸和尤兰西部白色的沙丘。这时吹来了一阵狂风，船在沙洲上搁浅，开不动。海浪极其大，好像是要把它击碎似的。什么救生艇也不能发挥任何作用。黑夜到来了。一支明亮的火箭穿过了黑暗射到这艘搁了浅的船上，火箭带着一根绳子；这样，海上的人和岸上的人便建立起了联系。没过一会儿，那位美丽的少妇便坐在一个救生浮篮里，穿过汹涌的波涛，被拉到岸上来。没有多久，她年轻的丈夫也坐在她身边了，她感到无限的欢快和幸福。所有船上的人都被救出来了，那时天还没有亮。

在那时我们正在哥本哈根熟睡，没有感到悲哀，也没有感到危险。我们一起坐在餐桌旁喝早餐的咖啡的时候，电报又带来了一个坏消息，说是有一艘英国船在西部海岸沉下去了。于是我们感到非常地不安！不过正在这时，我们收到了我们亲爱的、得救的归客佛列得里克和他年轻的妻子的另外一封电报，说是他们很快就要到家了。

大家一起恸哭了起来，我也在哭，曾祖父也在哭。他合起双手，我就知道他会这样做的，为这个新的时代祝福。

这一天，曾祖父捐了两百块大洋为汉斯·克利斯仙·奥列斯得立了一个纪念碑。

佛列得里克和他的年轻妻子回到了家。当他听到这件事的时候，他高兴地说："曾祖父，这事做得对！奥列斯得在多少年前就写过关于旧时代和新时代的事，现在让我念给你听吧！"

"他一定与你的意见一样吧？"曾祖父说。

"是的，这点你不用怀疑啊！"佛列得里克说，"并且跟你的意见也没有两样，你已经捐钱为他修了纪念碑啦！"

跳高者

　　一只跳蚤住在宽敞的展览馆里，有一天，蚱蜢和跳鹅也一起来这个地方安家了，它们不久就相互熟悉了。跳蚤老是向那两位炫耀自己跳得有多高，但蚱蜢和跳鹅却一直都没把它当回事，于是三个朋友打算来一场尖峰对决试一试高下。它们邀请了国王还有宫里的所有大臣作为他们的仲裁人，许多得知这件事情的人也前来观看这场非常有趣的所谓比赛。

　　国王以及大臣们坐在观看台上，比赛还没有开始时，国王说："三位朋友各自给我们表演一番，要是没有一点奖励，也没什么意思，我承诺把女儿嫁给你们三个中的最后胜利者。"

　　第一个出场的是跳蚤。它年轻力壮，身体中流动着澎湃的血液，又由于跟人类的来往非常密切，因此它文质彬彬地向在场的所有人鞠了一躬，博得了人们阵阵的掌声。

　　第二个出场的是蚱蜢。它的体型非常的苗条协调，身穿天生的浅绿色的衣裳。这些外在的特征表明了它出身于埃及一个有着贵族血统的家族，当人们将它从牧场里弄来时，专门为它用漂亮的纸牌做了一个三层的楼房，还从"美人"的身体中剪出了门和特意设计的窗户呢。尽管它的身份显贵，但较为笨拙。"我的歌声却十分的好听，"蚱蜢说，"十六个当地的蟋蟀从出生唱到现在，也没有获得一间纸屋，它们听到我住在三层的楼房里都非常妒忌我，气得饭也不吃，觉也不睡，把身体搞得比以前更加苗条了啊。"

　　跳蚤和蚱蜢都是一副不可一世的样子，都有资格跟国王的女儿成亲。

　　跳鹅却在一旁一言不发，但它同样认为是一个与众不同的著名人士。宫里的狗儿由于从来闭口不言而获得三枚勋章，是一位很有资历的老顾问官。它来到跳鹅面前，嗅了嗅，接着语气十分沉着地说它来自一个很不错的家庭，还说它具有预言天气的天赋呢，它的背脊骨能告诉人们冬天是寒冷的还是温暖的，而那些写历史书的背脊骨却根本不可能告知我们这些。

"其他的我就不说了，我现在只是在这儿观战罢了，最终我自有判断。"国王说。

比赛开始了。跳蚤身体敏捷，跳得非常高，一时大伙都找不到它了，所以一致判决它压根没有跳，这种判决未免有点太专横了。

蚱蜢跳得倒也可以，有跳蚤一半的高度，可它不识趣地跳到国王的脸上去了，毫无疑问也被淘汰了。

跳鹅站在那儿一动不动，仿佛在思考着什么问题。大家等得有些不耐烦了，一致觉得它不会跳。

"它不会是生病了吧?"狗儿说，同时慢慢地走到了它前面嗅了一下。

这时跳鹅非常笨地跳了一下，跳到了国王女儿的腿上，她正坐在一个矮脚椅上。

比赛就这样完事了，国王说："今天的冠军是跳鹅，因为它的脑袋瓜太好使了，跳到了我女儿的身上，完成了这次跳高比赛的最终目的。"因此跳鹅拥有了公主。

"可我跳得最高，"跳蚤牢骚满腹地说，"但却无法被他们认可，尽管那个带着木栓还有蜡烛的跳鹅得到了公主，可我跳得最高是一个铁定的事实。哎，在这个世界上，如果要被其他人都看见，身体务必有一定的高度才行。"跳蚤非常愤怒地走开了，效力于一个外国军团，后来在一次战役中牺牲了。

蚱蜢也换了一个全新的环境，它来到了田沟里。它在这个地方养精蓄锐重整旗鼓，而且还积极进行理论上的总结提高，又将世界上的事情仔细地思考了一遍，最后得出了一个真理：没有身材是不行的！它对自身的条件非常苦恼，接下来就开始唱起了那首让人非常伤感的歌曲。

这个故事就是从它的歌中听来的，可能是虚构的。

顽皮的孩子

很久以前有位老诗人———一位非常和蔼的老诗人。一天夜里，他坐在家里，外面正在刮着可怕的风暴。雨在倾盆地下，这位老诗人坐在炉边，既温暖，又舒服。火在熊熊地燎动着，苹果被烤得咝咝地响。

"这样的天气，外面穷苦的人身上恐怕没有一根纱是干的了。"他悲伤地说，他是一位非常好心肠的老诗人。

"啊，请开开门！我非常地冷，衣服也全湿透了。"外面有一个小孩子在叫喊着。他哭闹着敲击着门。这时，雨倾盆地下着，风儿把所有的窗户吹得呼呼地响。

"你这个可怜的小家伙！"老诗人同情地说，他走了过去并且开了门。在门口站着一个小孩子，他全身都没有穿衣服，雨水从他长长的金发上滚落下来。他冻得直发抖，要不是进到屋子里，他肯定会在这样的暴风雨中冻死的。

"你这个可怜的小不点儿！"老诗人心疼地拉着他的手说，"到我这儿来，我可以让你暖和起来。我能给你一点点酒喝，给一个苹果吃，你是一个美丽的小孩子。"

他的确十分美丽。他的眼睛明亮得像两颗星星。虽然从他的金发上有水滴下来，可是卷曲着，非常好看。他像一只小小的天使，但是他被冻得苍白，全身都在颤抖。他手中拿着一把十分漂亮的弓，但雨水已经把它弄坏了。涂在那些优雅的箭上的色彩全被雨淋得模糊不清了。

老诗人安稳地坐在炉边，抱着这个小孩，把雨水从他的卷发中挤出来，把他的手放到自己的手里暖和着，同时还为他热了一些甜酒。这小孩子马上就缓过来了，他的双颊也变得红润起来。他跳到地上，围着老诗人跳起舞来。

"你真是一个欢乐的孩子！"老诗人说，"孩子，你叫什么名字？"

"我叫阿穆尔①，"他真切地回答说，"难道你不认识我吗？我的弓就在这儿啊。你知道，我就是用这弓射出箭哪！看，外面天晴了，月亮也跑出来了。"

"但你的弓已经坏掉了。"老诗人说。

"是的，这相当可惜。"小孩子回答说，与此同时把弓拿起来，看了一看，"唉，它只是很干呢，但并没有弄坏呀。弦还很紧啊，我倒想试它一试！"于是他插上了一支箭，对准目标，把弓一拉，朝这位和善的老诗人的心射去。"你现在可以看看我的弓到底坏了没有！"他大笑了一声，之后跑掉了。这孩子是多么顽皮啊！他居然朝这位老诗人射了一箭！而且还是把他请进温暖的房间中、对他非常友好、给了他最好的酒和最好的苹果的老诗人呢！

朝这位和善的老诗人的心中射了一箭，于是他躺在地上哭了起来；他说："这个阿穆尔真是一个顽皮孩子！我一定要把这事情告诉所有的好孩子们，叫他们一定要当心，不能跟他一起玩耍，他会捣他们的蛋！"

所有的好孩子们，女孩和男孩子们，听到他所说的这个故事，都对于这个顽皮的孩子起了戒心，但是他还是骗过了他们，他是非常活泼的。大学生们听完课走出时，他只穿着一件黑上衣，胁下只夹着一本书，从他们的旁边走开，他们却一点也没有认出他。所以，他们挽着他的手，还觉得他也是一个学生呢。在这时，他就把一支箭射入他们的心中去；女孩子们到教堂去受"坚信礼"②时，他也在后面紧紧地跟着她们。是的，他总是在跟着人！他坐在戏院中的蜡烛台中，光彩夺目，使得人们认为他是一盏明灯。但是不久之后大家就会知道事情完全不是这样的。在御花园里，他在散步场上跑来跑去。是的，从前曾有过一次他也射中了你的爸爸和妈妈

① 阿穆尔（Amor）即邱比特，在罗马神话中是爱情之神，他是一个顽皮和快乐的孩子，经常带着弓和箭。当他的箭射到一个人的心里去的时候，这支箭就燃起爱情的火焰。

② 在基督教里面，小孩子受了洗礼以后，到了青春发育期间，一般地都要再受一次"坚信礼"，以加强和巩固对宗教的信心。受"坚信礼"是进入成人阶段的标记。

的心中啦。你只需要问问他们，你就可以听到很长的一段故事。咳，这个小阿穆尔真是一个坏孩子，你们坚决不能与他有任何来往！他每时每刻都在跟着每一个人。你想想看，一次他居然把箭射进老祖母的心中去啦——不过这是很久以前的事了。那创伤早已经痊愈了，但老祖母一直都忘不了它。呸，那个只会恶作剧的阿穆尔！不过你现在真正认识他了！你就知道他是一个多么顽皮的孩子啊。

安妮·莉斯贝

　　安妮·莉斯贝是一位年轻漂亮的妇人，她的眼睛十分的明亮，牙齿如同珍珠一样白，舞步轻盈、优雅，性格也尤为开朗。然而，就是这样一个非常乐观的人，上帝却送给她一个非常难看的孩子，安妮·莉斯贝非常讨厌他，将他送给了一个靠挖沟过日子的穷苦人家里了。而她自己却住进了一位伯爵的富丽堂皇的公馆里，抚养伯爵的孩子。这是一个长得非常好看的小伯爵，可爱得就像一个天使，她十分喜爱这个孩子。如今的安妮·莉斯贝身穿华贵的天鹅绒衣服，吃着各式各样的美味佳肴，坐在豪华的房间里，一丝微风也吹不着，所有人对她说话都十分客气，因为她的情绪会直接影响孩子的成长。安妮·莉斯贝现在就是一个贵族的夫人，过着无忧无虑的生活，她已不记得她亲生的孩子了。

　　在那个挖沟工人的破屋子里，一个孩子因为饿了正在号啕大哭。可是家里就他一个人，他经常一个人在家，没有人会把他记在心里，就算是有大人在家，他可能也吃不到什么东西。因为在这个穷家里，经常没米下锅，小家伙哭着哭着就睡着了，睡眠让他忘记了饥饿，也不会觉得干渴。

　　时间转眼即逝，一晃安妮·莉斯贝的孩子就成年了。他如今已经十四岁了，看上去傻傻的，人们都说他发育不全，这一点都不奇怪，长这么大，他从来没吃过饱饭。他已是挖沟工人家中的一员，工人的老婆绝对不让他在家里闲待着，给他找了一份放牧的工作，来贴补家用。他给马兹·演生看一头母牛，对于这份简单的工作，他还是可以干好的。

　　安妮·莉斯贝将他交给挖沟工人一家时，付给他们一笔抚养费。打那之后，就再也没有来看过他。她自己过着衣食无忧的生活，出门的时候有车子，可她从来不去挖沟工人家，由于是乡下，又离城市很远，即使她一天到晚无所事事也不会去看他，因为她认为孩子是别人的，并且知道他眼下已经可以独立生存了。

在一个绅士宅院的洗衣池旁边，有一个小小的房子，其主人是只看门狗，现在，狗正在屋顶上晒太阳，一旦有陌生人从这个地方经过，它就"汪汪"地叫几声，下雨的时候，它就回到屋子里，躺在柔软舒适的废旧地毯上睡觉。

安妮·莉斯贝的孩子现在坐在沟沿上，他也一样地晒着太阳，他是来放牛的，牛儿在无忧无虑地吃着青草，他发现有三棵草莓开花了，心里十分的高兴，企盼着果子快快结出来，然而，他失望了。一阵强暴风雨就这样来了，他全身被淋得湿漉漉的，肆虐的风又将他的衣服吹干。每次他回到挖沟工人的家里时，都被他们欺负，挖沟工人夫妇骂他，不让他吃饭，没有一个人给过他些微的关爱，都讨厌他又丑又笨，而他也慢慢习惯了这样的生活。

这个可怜的孩子就由于长得丑陋而受到大家的不公对待，没有一个人可怜他，他该如何活下去呢？可他又能如何活下去呢？

陆地上的人看他都不顺眼，都想把他支得越远越好。于是，他去给一位船老板当舵手。冬天就要到了，晚秋的天气非常寒冷，并且多变。一条破烂的船在大海上航行，船上只有两个人，一个是船老板，一个是他。他傻乎乎地坐在舵旁，一双满是油污的手死死抓着舷。他的模样就好像是几十岁的人那样，不仅衰老而且丑陋，头发干枯发黄，一看就是营养不良，他虽是一个挖沟工人的孩子，可是教堂的登记表上他的母亲是安妮·莉斯贝。海上的风很冷，坐在船舱外面的人会觉得好像什么都没有穿。可怜的孩子坐在那里饥寒交迫，船老板坐在舱里面，喝了一杯德兰酒来温暖身子。酒瓶脏兮兮的，杯子也破旧不堪，上半部分倒挺完整，可下半部分早就破了，不得不待在一块蓝色的木座上。船老板说："两杯德兰酒会让我心情舒畅，更高兴。"

这时，天渐渐黑下来，破船鼓满风帆，在风浪中航行。外面的雨越下越大了，小船忽儿在高高的浪尖上，忽儿投进海里。一下子船停下来，撞上了海底的一块大岩石上，船体裂开了，可怜的孩子大叫着："仁慈的上帝！救救我吧！"但那只船不一会儿就沉了，连老鼠也一起沉下去，船老板和那个可怜的孩子也沉下去了，而他不过十四岁。在一旁惊恐不已的海鸥目睹了眼前的这一切，水里的鱼儿们也目睹了这一幕，当水疯狂地灌进船舱，船下沉的时候，鱼儿们都吓得一溜烟不见了。船沉到海底，船老板和那个苦命的孩子都死了。唯独那个坐在蓝色木座子上的酒杯浮在水面上，它顺着水漂流着，要是遇到礁石就必定有生命危险，它没准儿可以漂到岸边上去呢，但那将是何年何月？哪里是岸边呢？不过，这对它而言都不重要了，因为它已经完成了自己的使命，而且也被人们疼爱过。可那个可怜的孩子在人世间没有得到人们的一点爱。可是在天国里，每个灵魂都不能说自己没有被爱过！

多年以来，安妮·莉斯贝一直生活在城市里，人们称呼她"夫人"。在伯爵公馆生活的那段日子是她一生中最光辉荣耀的一段美好时光。那时她陪同伯爵夫人去过许多地方，坐在马车里，怀抱仿佛天使一般的小伯爵，她非常喜欢他，而小伯爵也非常地迷恋她，他们总是拥抱着，互相吻着，他仿佛是安妮·莉斯贝的生命，是她的一生，如今他已经十四岁了，不仅英俊，而且还有学问。现在安妮·莉斯贝已经很长时间没去过伯爵家了，因为去一次非常不容易，她也有段时间没看到小伯爵了。

"不管怎么样我也要去一趟，我实在是想念那个可爱的小伯爵啊！他肯定也很想我，我还分明地记得他小时候用柔嫩的手臂搂着我的脖子，声音响亮地喊我'安·莉斯！'我必须去一趟！"安妮·莉斯贝嘟囔着。

伯爵的家离她的居所很远，她坐马车走了很长的距离，然后又走了一段路程，才到伯爵的公馆。公馆还和过去一样，花园里长满了各种各样的植物，房间里面也没有什么变化，依旧十分华丽，然而全部的用人都换了，谁也不认识安妮·莉斯贝。他们不知道她的光荣历史，也不知道她到这儿来要做些什么。当然，他们会从伯爵夫人和小伯爵的口中得知她做的那件不同寻常的事情，她简直是太想见到他们啦！

安妮·莉斯贝坐在那里，等了好长时间，直到吃饭之前，才被允许进去。伯爵夫人跟她寒暄了几句。而小伯爵——那个她深爱的孩子，等她吃完饭后，才被允许见上一面。

他依然是如此的英俊，已经长得非常高大，只不过有些瘦了。他好像并不认识这位曾哺养过他的妇人，站在那里默不作声，当他转身准备离开的时候，安妮·莉斯贝握住了他的一只手放在自己的嘴唇上。"够啦！请放开我!"说完，那个小伯爵抽掉手走开了。

安妮·莉斯贝从未像现在这样伤心，她强忍着夺眶而出的泪水，走出了公馆。走在路上，她觉得心都要碎了。这个让她始终牵挂的人，用几乎整个生命爱的人，竟然根本不想念她，还对她这样的冷淡，就连一个"谢"字都没有说出来。他小的时候，是自己整天陪伴在他身边，就连在梦里自己还时常抱着他。这时，一只好大的黑乌鸦落在了她前面的路上，"呱呱"地叫着，声音很难听。

"怎么会飞来如此一只不吉利的鸟呢?"她疑惑地说，继续往前走着。当她在挖沟工人家经过的时候，女主人正好站在房子外面，还一个劲儿地跟她打招呼。"喂，夫人! 你长得这么美丽啊，而且白白胖胖的，简直是一副贵人的模样啊。"

"还过得去吧!"安妮·莉斯贝说。

"那个孩子为船老板当舵手，没想到船带着他们一起沉入海里淹死了。我们本来还想让他赚些钱，这下可落空了，你也无须再为他浪费钱了。"女主人说。

"他死了?!"安妮·莉斯贝难以置信地问道。不过，她没有接着聊这件事。如今她非常伤心，倒不是因为亲生孩子的死去，而是那位她疼爱的小伯爵不理她，令她难过极了。自己那么爱他，专门跑了这么远的路来看他，还花了一些路费。她虽然很不愉快，可没有跟挖沟工人的妻子说，她明白即使说了，也不会使自己的心情好转，无非她胡乱地猜疑，以为在伯爵家已经失宠了呢。这时，那只黑乌鸦又飞至她面前，尖叫了几声飞走了。

"这个难看的家伙让我觉得有些恐惧啊。"安妮·莉斯贝说。

她给挖沟工人的妻子带来一些菊苣和咖啡豆，足够让她煮两杯咖啡，自己和挖沟工人的妻子每人一杯。女主人到后面的屋子煮咖啡去了，而她坐在椅子上却睡着了。她做了一个非常怪异的梦，梦到了自己亲生的孩子，躺在一所破房子里号啕大哭着喊饿，无人理睬，不久，他又躺在海底。她梦到自己坐在挖沟工人的房子里，女主人在煮咖啡，飘来了阵阵的香味，门口突然出现一个漂亮的人，长得非常像小伯爵，他说:"这个世界就要爆炸了，我带你去天国吧，我是你的儿子，是那里的天使，跟我一起来吧。"

当他伸手拉她的时候，忽然间响起了可怕的爆裂声，一定是世界覆灭了啊。天使死死抓住她的衣服飞起来，她感到身体离开了地面，可脚上仿佛有一件非常沉的东西坠着她，好像有上百个女人在说："我们要和你一起得救了！抓住！抓住!"衣服承受不了这么多人的重量，扯成了碎片。安妮·莉斯贝就这样跌了下来，吓得惊醒过来。不过，她差点和椅子一齐倒下，她害怕得头脑发涨，对刚刚的梦已经忘得一干二净了，但是，她明白那是一个特别糟糕的梦。

女主人的咖啡煮好了，她们一边喝咖啡，一边谈着鸡毛蒜皮的小事，坐了一会儿，安妮·莉斯贝就离开了。她要去附近的小镇上寻找赶马车的人，请那个人在夜幕降临之前把她送回家里。但是车夫告诉她，要等到第二天黄昏以前才能起程。住下来又要花钱，她计算了一下路程，算计着沿海边走会比坐马车近九里路。现在天气晴朗无云，月光皎洁，因此她决定步行回去，第二天上午便可以回到家。

夜色渐浓，沼泽地的青蛙"呱呱"地叫着，它们是贝得·奥克斯的品种，声音十分的响亮，就像钟声。没过一会儿，它们便安静下来。四周静悄悄的，树林中的动物都睡着了。海面上也一片沉寂，遥远的水底寂静极了，周围鸦雀无声。安妮·莉斯贝走在寂静的沙滩上，只听到自己沙沙的脚步声。她心无旁骛，只想着尽快赶路。但是，这并不是说她没思想了，而是这些活跃的和没有被激发的想法此刻都休息了。思想是不可能离开我们的，它们有时在我们的脑袋里会不自觉地冒出来，也经常在我们的内心深处跳跃着。

"善有善报，恶有恶报!"书上都是这样写着的。书上还记载着许多关于各方各面的东西，但人们并没很用心地记住它，因此更想不起来了。安妮·莉斯贝就是这种人。可人们的心里有时是会露出一丝光明的，许多人的心里都隐藏着美德和罪恶，它们就仿佛一粒小小的种子藏在我们心底的某一个角落。适逢太阳的一缕阳光从外面射进来，或是当某个罪恶的念头触动一下，而当你下定决心时，那么这颗种子就渐渐地长大、发芽，它把汁液注入你身体的每根血管里去，支配着你的行动。安妮·莉斯贝晕晕沉沉地走着，她难以感觉到那种令人苦恼的思想，而这样的思想已在她的心中不断地积累，并且将要开始活动。

一年中发生了这么多的事情，但我们可以最终记住的却实在是太少了，例如对朋友、邻居和对自己的良心在语言上或思想上，对上帝有过令人不齿的行为或罪恶。这些坏的东西，我们都不记得了。安妮·莉斯贝也把这些忘记了。她现在就记得她是一个非常诚实，而且有身份的人，没有做过任何违反国家法律的事情，是一个奉公守法的好公民。

她在沙滩上走着，发现前面有一个东西。她走到跟前一看，不由得害怕起来，然而那又有什么好害怕的呢？一块长长的石头上，缠满了灯芯草和海草，像一个人的身躯。她却害怕起来。她继续前行，满脑子全是小时候所听说过的那些迷信故事："海鬼——那些沉入海底淹死的人，因为自己的灵魂不能得到安息，尸体会漂到海滩上，尸体不会伤害其他人，但它的魂魄会死死抓住在这个地方走过的每一个人，要求他将自己送到教堂的墓地里。"

"抓住！抓住！"安妮·莉斯贝的耳边再次响起了一个声音，她非常清晰地想起了那个可怕的梦——当她飞上天的时候，上百个女人抓住她的脚，喊着"抓住！抓住！"她的衣服被扯成碎片，她开始下沉，就在那一刻，她的孩子拼命地抓着她，而她又从孩子手中掉下来。她的孩子，自己亲生的孩子，从未得到她一丝的母爱，她从来没有爱过他。这个孩子现在正躺在海底，他再也不会爬起来了，可他的魂魄仿佛海鬼叫着："抓住！抓住！将我送到教堂的墓地去吧！"她想到这儿时吓得魂不附体，她加快了脚步，想迅速逃离这可怕的海岸。

恐惧笼罩了她的整个身心，她的呼吸越来越困难，简直要昏过去了。她向寂静的海上望去，一层浓雾渐渐升上来，海上越来越昏暗起来，浓雾不久弥漫在树林上，形成各种怪异的形状。她转身瞧了一眼背后的月亮，月亮没有一丝光芒，仿佛一面圆圆的镜子。她的四脚就像被某种沉重的东西压住了，当她再转身看月亮时，发现月亮惨白的面孔马上就要贴在她的脸上了，而浓雾就像一件尸衣披在她的身上。"抓住！抓住！"一个空洞的声音喊叫着，这并非青蛙或者别的鸟发出的，她一直不知道这是什么动物的声音。"把我送到墓地去！把我送到墓地去！"这个声音再次叫道。

这是海鬼，是沉眠海底的孩子的魂魄。这可怕的魂魄让她把它送到教堂的墓地去，在那里得以安息。她向教堂的方向走去了，准备去为它挖一个坟墓，当她产生此种想法时，感觉到身体不那么沉重了，负担也消失了。可她又打算转身向家的方向走去，担子立刻又压了上来。"抓住！抓住！把我埋葬掉吧！把我埋葬掉吧！"一个声音立刻开始叫起来。

她觉得巨大的压力又向她袭来，由于恐惧，脸和手变得冰冷而潮湿，思想在不断地膨胀，这是她过去不曾有的一种非常奇异的感觉。

在北方，春天的山毛榉都是在当天晚上钻出嫩芽，第二天经过阳光的滋润，绽放出它们的容颜。藏在我们心里，藏在我们生活中的罪恶种子，由于刹那间的良心发现，思想、言语和行动马上冒出芽来了，就仿佛经历了阳光照射的山毛榉一样立刻长大，因为是上帝在我们漫不经心的时候改变了一切。思想变成了语言，因为语言在哪里都能听到。我们的身体中潜伏着一切美德和罪恶，一想到在我们无意和骄傲时体里的罪恶种子，我们就抑制不住内心的恐惧。

安妮·莉斯贝如今对这些话体会得再深刻不过了。良心的发现令她非常不安，她倒在沙滩上，只能向前爬行。那个空洞的声音又喊叫着："为我挖一个墓地吧！为我挖一个墓地吧！"要是在墓地里能够忘记一切的话，她反而心甘情愿用坟墓将她自己也埋起来。现在她已经醒悟，满心惊慌和恐惧。迷信使她全身冰冷，她一生中犯下的所有那些罪恶，现在都涌入了自己的脑海里。

她的眼前出现了一种幻象：明朗的夜空中，四匹马儿拉着一辆火红的车子，向她跑来，它们的眼睛和鼻孔里喷出火焰，车上端坐着一个有生杀予夺之权的死神，传言他每次都是半夜出来，不过他的外貌仿佛黑炭，并不像许多人所描述的那么惨白得没有血色。他对安妮·莉斯贝招招手："抓住！抓住！不要再想你的孩子了，坐到车上来，就如同在伯爵的车子上一样。"

她连忙躲进教堂的墓地里。黑十字架在她面前晃动着，乌鸦"呱呱"地叫着，就如同白天所看到的那样。现在她知道了其中的含义，它们在说："我是乌鸦的妈妈！我是乌鸦的妈妈！"安妮·莉斯贝清楚，要是她不挖一个坟墓出来的话，就会变成一只大乌鸦。她蹲在地上，用双手挖那坚硬的泥土，手指流出血来，但她一点也没感觉疼，依然拼命地挖着。

"给我挖一个坟墓！给我挖一个坟墓！"空洞的声音仍然在叫。她不敢停下来，担心当太阳浮出东海的时候，如果挖不好这个坟墓，她就没有希望了。

东方出现了彩霞，她的工作只完成了一半。一只冰冷的手摸着她的心房。"只有半个坟墓！"空洞的声音伤心道，接着渐渐地沉入了海底。不错，这就是那个孩子的魂魄，也就是"海鬼"！安妮·莉斯贝昏倒在沙滩上，全身上下都已经麻木了。

太阳灼热地照射在海滩上，安妮·莉斯贝醒过来。发觉她一个人躺在海边，并非躺在教堂的墓地里。她看到自己挖的那个非常深的大坑，坑旁边放着一个破玻璃杯子，杯底位于蓝色的木座子上，而手指却被划开一个很大的口子，鲜血直流。她感到浑身酸痛，毫无力气了，她就那样躺在沙滩上，两个从此经过的好心人把她扶了起来。

安妮·莉斯贝病了，而且病得非常的严重。良心和迷信紧紧地纠缠在一起，使她难以分辨。她相信她现在只有半个灵魂，而另外半个灵魂沉入了海底，是被自己亲生孩子带去的。天国她是去不成了，除非她具有一个完整的灵魂。

安妮·莉斯贝回到家中，过去那个美丽、神采奕奕的夫人不见了。她一下子变得反应迟缓，目光呆滞。她的思想极其混乱，但却有一种思想十分明白地浮在她的脑海里，就是为死去的孩子挖一个坟墓，让他得以安息，好让自己的另一半灵魂能重新回来。

每到夜里，安妮·莉斯贝就来到海滩上，大家不知道她来这儿做什么。只有她自己明白，她是来等"海鬼"的。这样的生活整整持续了一年。忽然一天夜里，人们找遍了每一个角落也没看到她，第二天，又找了一整天，依然没有找到。

天要黑的时候，牧师去教堂敲晚钟，看到了跪在祭坛脚下的安妮·莉斯贝。她从清晨一直跪到现在，已经没有一点力气了。但她的脸色红润，眼睛非常的明亮，黄昏的阳光从门外射进来照在了她的全身，照在祭坛上翻开的《圣经》上，上面是先知约珥的几句话："你们需要撕裂心肠，而非撕裂衣服，归于上帝吧！"

"这也许纯属巧合，"人们说，"世界上有许多的事情就是这样碰巧地发生的。"

安妮·莉斯贝的神情安详平静。她说昨天夜里和自己亲生的孩子在一起，就是那个"海鬼"。她现在拥有了一个完整的灵魂，她觉得十分地轻松，十分高兴。"海鬼"对她说："尽管你只为我挖了半个坟墓，而在我心里你却为我砌好了一个完整的坟墓。我总算在你的心里有了一定的位置，这是埋葬我的最好地方了。"

因此，安妮·莉斯贝得到了另一半灵魂，她在"海鬼"的引领下到了这个教堂。"我总算来到了上帝的屋子里，在此处我们全都会感到幸福！"

天黑以后，安妮·莉斯贝的灵魂升到了天国。当人们经历了痛苦的斗争后，都会到那里去，因为那个地方将永远只有快乐和幸福。

烂布片

　　许许多多不同颜色的烂布片堆在造纸厂外边的空地上，它们来自各个地方，每块布片的背后都有一个故事，可是我们不可能把所有的故事都讲一遍，那就听其中的一个吧。

　　在一块丹麦烂布片的身旁躺着一块挪威烂布片。两块布片都有着完全相同的语言，交谈起来非常方便。挪威的烂布片天南海北地胡扯，丹麦的烂布片也在那儿说个没完没了，侃侃而谈，它们彼此都不甘示弱，但是烂布片毕竟是烂布片，在烂布堆里以外就没有任何实际的价值了，无论这块烂布片究竟来自何方。

　　"我是真正意义上的挪威人。"挪威的烂布片说，"我想我无须把我刚说的这句话再做什么解释了。我品质优秀，结实耐用，就仿佛挪威古代的花岗岩。美国人民有人权、有自由，而挪威宪法跟美国宪法没什么两样，因此每当我想起我是挪威人的时候，就尤其高兴，全身都非常舒畅，我真为自己是挪威人感到骄傲啊！"

　　"我也丝毫不逊色于你，我们有优美的文学。"丹麦的烂布片说，"你明白这种深奥的东西吗？"

　　"明白，明白，我哪能不清楚呢？"挪威的布片鄙夷地说，"你这个住在平地上的烂玩意儿①，得让别人把你带到高山上去才能看到北极光②。每当冬去春来，冰山融化之后，丹麦的轮船就会装满各种水果、牛奶还有干奶酪来到我们挪威，船上全是十分美味的东西。不过，你们同时也带来了丹麦的各种书籍，一些没有丝毫用处的东西。对于这些东西，我们一点

---

　　① 丹麦是一块平原，没有山。
　　② 北极光是北极圈内在夏天发生的一种奇异的光彩，十分美丽。

儿不需要。当新鲜的泉水和积压了很久的啤酒放到你眼前时，你绝对会选择泉水。我们山上出产新鲜、清澈、甘甜的泉水，取之不尽。但是，我们根本就没把它们当作牟取暴利的商品，也没有经纪人、报馆或其他国家的旅游者把有关泉水的广告让人讨厌地向欧洲大加宣传。这是我发自内心的话啊，同样是实话，而一个丹麦人就该好好地学会听实话。将来有一天，作为同种族的你只要登上我们引以为豪的山国——世界的顶峰之后，你就会习惯了！"

丹麦的烂布片可没有那么自大，从来不会用目空一切的口气对别人说话。丹麦的烂布片说："我们的性格跟你们截然不同，我对其他烂布片一样，都非常清楚这一点。我们都是普通的人，都觉得自己极普通。尽管，谦虚事实上不会为我们带来什么用处，但是我们认为它非常可贵，因此，我们喜欢谦虚。我要告诉你，我也会说实话，我对自己的优点非常明白，只不过是不愿意向别人炫耀而已。我这样做，应该不会有人来批评我吧。我是一个善良随和的人，忍耐力很强，对于那些比我优秀的人，我从不嫉妒他们，不讲别人的坏话，尽管他们有许多缺点，但这是他们自己的事情，我可以用微笑来讥讽他们，我明白自己是多么的聪明。"

"请你别如此虚伪地跟我讲话，这会让我胃里很不舒服。"挪威布片说。突然风吹起来了，它被吹到另外一个布堆上。

过了不久，挪威布片和丹麦布片都被送入造纸车间，都变成了一个模样的白纸，接着，就到了各个大大小小的商场里去卖。

有一天，一个挪威的年轻人到一个店里来买纸，他碰巧买走了用挪威烂布片制造的白纸，他用这张纸给丹麦的女朋友写了一封充满着无限爱意的情书。而另一块丹麦烂布片制作成的纸却到了一位丹麦作家的手中，作家在这张纸上创作出了一首讴歌挪威优美风土人情的诗。

你看，百无一用的烂布片被造成纸以后就能够发挥它们各自独特的作用了，宣传了美和真理。它们使我们彼此更加地理解对方，也变得更加亲密了，在这种了解和亲密中我们会生活得更加幸福快乐。这个有意思的故事结束了，并且除了烂布片以外，不会伤害到其他人的情感。

夏日痴

冬天，天气是十分寒冷的，风是尖锐的，但屋子里却是舒适并且温暖的。花朵是在屋子里，它就藏在地里和雪下的球根里。

一天下起雨来。雨滴渗入积雪，渗透进地里，已接触到花儿的球根，并且告诉它说，上面有一个充满阳光的世界。不久一丝敏锐尖利的太阳光就穿过积雪，投射到花儿的球根上，抚摸了一下它。

"进来吧！"花儿说。

"这我可做不到，"阳光说，"我还没有足够大的力气可以把门打开，到了夏天我就会有力气了。"

"什么时候才会是夏天呢？"花儿不解地问。每次只要太阳光射进来，它就重复着这句话。不过离夏天还早得很，地面上仍然盖着雪，一到夜里水上都冻结了冰。

"夏天来得好慢啊！夏天来得好慢啊！"花儿说，"我身上痒酥酥的，我想要伸伸腰，我想要动一动，我想要放开，我想要走出去，我想要对太阳公公说一声'早安'！那才叫痛快呢！"

花儿伸了伸腰，抵着薄薄的外皮挣了几下。外皮已经被水浸泡得很柔软，被雪覆盖过，被泥土温暖过，被阳光抚摸过。它从雪底冒出来，它的绿色的梗子上结着淡绿色的花苞，又长出又细又厚的叶片——它们仿佛是要保卫花苞似的。雪是寒冷的，但很容易被冲破。这时阳光也投射进来了，它比从前要大得多。

"欢迎！欢迎！"每一道阳光都这样不停地唱着。花儿伸展到雪上来了，看到了充满光明的世界。

阳光抚摸着和亲吻着花儿，使它开得更加绚丽。它像雪一样洁白，身上还装饰着绿色的条纹。它满怀着高兴的心情昂起了它的头。

"美丽的花朵啊！"阳光歌诵着，"你是多么地新鲜和纯洁啊！你是今年的第一朵花，是现在唯一的花！是我们的宝贝！在田野中和城里预示着夏天，美丽的夏天，即将到来！所有的冰雪都会融化！冷风将会被驱赶走！我们将统治着一切！一切都会变成绿色！那时你将会有许多新朋友：紫丁香和金链花，甚至还会有玫瑰花。但是你是今年的第一朵花，那么娇嫩，那么可爱！"

这是最令人愉快的事。空气好像在唱着歌奏着乐，阳光仿佛是钻进了它的叶子和梗子里，它立在那儿，是那么娇嫩，但青春的活泼中它又是那么健壮。它穿着带有绿色条纹的短外套，它非常努力地称赞着夏天。但是距离夏天还早得很呢：雪花儿把太阳光遮住了，寒风在花朵上吹。

"你来得未免也太早了一些，"风和天空一起说，"我们在统治着，你应该能感觉得到，你应该学着忍受！现在你最好还是待在家里吧，不要随便跑到外面来表现你自己。时间还早呀！"

天气冷得非常厉害！日子一天天地过去，一丝阳光都没有。对于这样的一朵柔嫩的小花花儿来说，这样的天气是会使它冻得碎裂的。但是它是依旧很健壮的，虽然它自己并不知道这些。它从快乐中，从对夏天的信心中重新获得了力量。夏天一定会到来的，它无比渴望的心情已经预示着这些，温暖的阳光也肯定了这些。所以它满怀信心地穿着它的白外套，立在雪地上。当密密的雪花一层层地压下来时，当刺骨的寒风从它身上扫荡过去的时候，它就不得不低下它的头。

"你会冻裂成碎片的！"它们说，"你将会枯萎，会变成冰块。你到底为什么要跑出来呢？你为什么禁不住诱惑呢？阳光他骗了你呀！你这个夏日痴！"

"夏日痴！"一个声音在无比寒冷的早晨说。

"夏日痴！"几个跑到花园里游玩来的孩子说。"这花朵是多么可爱，多么美丽啊！它是现在唯一一朵花！"

这几句话使花儿感到舒服，这几句话就像是温暖的阳光照在它身上。在快乐之中，这朵小花儿一点也没有意识到它已经被孩子摘下来了。它安静地躺在一个孩子的手里，被一个小嘴吻着，被带到一个温暖的房间里去了，被温柔的眼睛注视着，被浸泡在水里。于是它获得了更强大的力量和生命。这朵花儿以为它已经进入夏天了。

　　这家的女儿——一个年轻的女孩儿，刚刚受过坚信礼。她有一个亲爱的好朋友，他也同样是刚受过坚信礼的。"他将会是我的夏日痴！"她说着。拿起这朵娇嫩的小花朵，把它放到一张充满芬芳的纸上，纸上写着诗——关于这朵小花的诗。这首诗是以"夏日痴"为开头，也是以"夏日痴"为结尾的。"我的小朋友，就作为一个冬天的大痴人吧！"她就用夏天来开它的玩笑。是的，它的四周全是诗。它被装进了一个信封中。这朵花儿躺在里面，周围是漆黑一团，像是躺在花球根里时一样。这朵小花儿就开始在一个邮袋里旅行。它被挤着，被压着。这些都是很令它不愉快的事情，但任何旅程总会结束的。

　　旅程结束了以后，那信就被拆开了，被那位亲爱的朋友读着。他是那么兴奋，他用力地亲吻着这朵花儿；他把小花儿跟诗一起放在一个抽屉中。抽屉里面放着许多可爱的信，但是就是缺少一朵小花。正是像太阳光所说的，它是唯一的一朵花。一想起这事情它就感到非常非常愉快。

　　它可以有许多闲暇的时间来想这件事情。于是它想了整整一个夏天。漫长的冬天春天都过去了，现在是夏天。这时它被拿出来了。但是这一次，那个欢乐的年轻人并不是十分快乐的。他一把抓住那封信，连诗一起扔到垃圾桶中，弄得这朵花儿也掉落到地上了。它已经被压得扁平了，枯萎了，但它不应该因为这就被扔到地上呀。不过与被火烧掉相比，躺在地上还算是不坏的。那些诗和信就是被火烧掉的。到底是为了什么事呢？嗨，就是平时常有的那种事。这朵小花儿曾经愚弄过他，一个玩笑。她在六月份的时候爱上了另一位男人了。

　　在早晨，太阳照耀着这朵被压扁了的"夏日痴"。这朵小花儿看起来仿佛是被绘在地板上似的。负责扫地的女用人把它拾起来，把它夹在桌上的一本书中。她还以为它是在她收拾东西时掉下来的。就这样，这朵小花儿就又回到诗中，印好的诗中去了。这些诗句吹起了一阵轻快而又柔和的号角声，有只小鸟从这囚徒的铁窗上飞走了，太阳光也渐渐地消逝了，小屋子里又是一片漆黑了。这个坏人的心里也是一片漆黑。但是，太阳光曾经射进过他的心中，小鸟的歌声也曾经传到他心中。

　　激奋的狩猎号角声啊，继续用力地吹吧！黄昏是十分温柔的，海水是平静的，一丝儿风也没有。

瓦尔都窗前的一瞥

　　围着哥本哈根的、长满了绿草的城垒的，是一幢高大的红房子。这红房子的窗子很多，窗子上摆放着许多凤仙花和青蒿一类的植物。但是房子内部是破破烂烂的穷相，里边住的也全是一些穷苦的老人们。这就是"瓦尔都养老院"。

　　你看啊！一位老小姐斜倚着窗槛站着，她摘下一片凤仙花的枯叶，城垒上的绿草。很多小孩子在城垒上玩耍。这位老小姐有什么奇奇怪怪的心思呢？一出人生戏剧就在她自己的心里开演了。

　　"那些贫苦的小孩子们，他们却玩得多么欢乐啊！多么红润的小脸蛋！多么幸福的眼神！但是他们既没有鞋子，又没有袜子穿。于是他们就光着脚在这青翠的城垒上跳舞。这有一个古老的传说，很多年以前，这里的土块老是在崩裂，一直到有一天一个天真的小宝贝，带着她的小花儿和玩具被诱到一个敞开着的坟墓里去这一切才停止；当她正在玩儿和吃着东西时，坟墓就这样筑起来了，而这座城垒就在坟墓上筑起来了①。从那时起，这座城垒一直是很坚固的。很快，它上面就铺满了美丽的绿草。小孩儿们一点也不知道这个恐怖的故事，否则他们就会听到那个小女孩子还在地底下哭，就会觉得草上的露珠是温热的眼泪。而且他们也不知道那个关于丹麦国王的故事：敌人在外边攻打围城的时候，他激动地骑着马从这儿

------

　　① 丹麦诗人蒂勒（J. M. Thiele）编的《丹麦民间传说》（Danske Folkesagn）中有这样一段记载：很久以前，人们在哥本哈根周围建立了一个城垒。城垒一直在不停地崩颓，后来简直无法使它巩固下来，最后大家把一个天真的女孩子放在一张椅子上，在她面前放一个桌子，上面摆着许多玩具和糖果。当她正在玩耍的时候，十二个石匠在她上面建起一座墓窖。大家在音乐和喊声中把土堆到墓窖上，筑起一个城垒，从此以后城垒再也没有崩裂了。

走过，发了一个誓，说他一定要死在他的岗位上①。那时许多男人和女人一齐聚拢来，对着那些穿着白衣服，在风雪中爬城的敌人泼下滚烫的开水。

"那些贫穷的孩子们玩得非常快乐。"

"开心地玩吧，你这小小的姑娘！那些幸福的岁月不久就要到来了。那些准备去接受坚信礼的青年男女都手拉着手漫步。你穿着一件雪白色的长衣，你的母亲真是在这东西上费了不少的力气，虽然它只是一件肥大的旧衣服改来的。你还披着一条红披肩，因为它拖得太长了，于是人们一眼就知道它太肥大、太肥大了！你一直在想着你的打扮，想着善良仁慈的上帝。在城垒上漫步是多愉快啊！

"岁月带走了许多阴暗的日子，但同时也带着青春的心情。你有了男友，你却不记得是怎样认识他的了。你们常常见面。在早春的日子里你们到城垒上去散步，那时候教堂的钟在伟大的祈祷日里发出悠扬的声音。紫罗兰还没有开花，但是罗森堡宫外有一株树已经冒出新的嫩绿的芽。于是你们就在这儿停了下来。这株树每年都会生出绿枝，心在人类的胸中可不是这样！那一层接一层的阴暗的云块在它上面飘过去，比在北国上空所见到的还要多。

"可怜的小女孩，你未婚夫的新房慢慢地变成了一具棺材，而你自己也老成了一个老小姐。你在瓦尔都，在凤仙花的后面，看着这些玩耍着的孩子，也看见了你整个连的重演。"

这些就是这位老小姐在望着城垒时，在她眼前所展开的一幕人生的戏剧。太阳光照在城垒上，红着脸蛋的、没有袜子和鞋子穿的孩子们像天空中的飞鸟一样，发出欢乐的叫声。

---

① 指丹麦国王佛列得里克第三世（Frederick III. 1609－1670）。这儿是指一六五九年二月十一日，瑞典军队围攻哥本哈根，但没有夺下该城。

一块银毫

　　以前有一块银毫，当他从钱币印刷厂走出来的时候，他容光焕发，又跳又叫大喊着："万岁！现在我就要到广大的世界里去了！"所以他就走到了这个广大的世界里来了。

　　孩子用温暖的小手捏着他，守财奴用黏冰冰的手捏着他，老人翻来覆去地看着他，年轻人一拿到它就花掉了。这个毫子是银子的，他身体内铜的成份很少。他来到这个广大的世界里已经有一年的时间了，这就是说，在造成他的这个国家里已经有一年了。但有一天他打算要出国旅行了。他是主人的口袋中最后一块本国的钱。这位只有这块钱来到他手上时才知道有他。

　　"居然还剩了一块本国钱！"他高兴地说，"那么他就能陪我一起去旅行了。"

　　当他把这个银毫放进钱袋里时，银毫就发出吱吱的响声，高兴地跳起来。现在他是跟一些陌生的朋友待在一起。这些陌生朋友来了又走，留下了空位子给后来的人填补，而这本国毫子却一直都是待在钱袋里。这是极大的光荣。

　　几个星期过去了。毫子已经离开祖国很远了，弄得他自己也不知道自己究竟是到了什么地方。他只是从别的钱币那里听说到，他们不是法国的，就是意大利的。一个钱币说，他们到了某某大城市；另一个又说，他们是在某某地方。不过对于这些说法毫子完全摸不着头脑。如果一个人老是待在袋子里，他当然是什么也看不到的。毫子现在正是这样。

　　一天，他躺在钱袋里时，突然发现袋子的扣子没有扣上。于是他就偷偷爬到袋口，朝外面望了几眼。他不应该这样做，他只不过是很好奇，人们常常要为了这种好奇心付出代价。他又轻轻地溜到裤袋里了。这天的晚上，当钱袋被取出的时候，但毫子却在他先前的地方留了下来。他和其他衣服一起，被送到走廊去了。他在这儿掉到地上来，谁也没有听见他，谁也没有看见他。

第二天早上，这些衣服又被送回到房间里来了。那位绅士穿上了衣服，继续着他的旅行，而这块小银毫却被留在这里。他被别人发现了，所以他就又不得不出来为人们服务。他与另外三块钱一起被用出去了。

"欣赏周围的事物是一件非常愉快的事情，"毫子高兴地想，"认识许多人和了解许多风俗习惯，也是一件很愉快的事情。"

"这是什么毫子？"这时一个人说，"它不是这个国家的钱，这是一块假钱，一点用处都没有。"

关于毫子的故事，他自己所说的，就从这儿正式开始了。

"假货，一点用处都没有！这话真叫我太伤心了！"毫子伤心地说，"我知道我自己是上好的银子铸成的，敲起来非常响亮，官印是真实的。这些人一定是弄错了。他们绝对不是在指我！不过，的确，他们是指我。他们居然特地把我叫作假货，说我一点用也没有。'我必须偷偷地把它花出去！'拿着我的那个人说；所以我就在黑夜中被转手，在白天被咒骂。'假货，没用！我们得赶紧把它用出去。'"

每次银毫被偷偷地作为一块本国钱币转手的时候，他就在别人的手中吓得发抖。

"我是一只多么可怜的毫子啊！倘若我的银子、我自身的价值、我的官印这些东西都没有用，那么这些对于我来说又有什么意义呢？在世人的眼里，人们会认为你有价值才算是有价值的啊。我本来是没有罪的，只是因为我的外表对我没有好处，就说明我是有罪的，于是我就不得不在这条罪恶的道路上偷偷摸摸地滚来滚去。因此我感到十分不安，真是太可怕了！每次当我被拿出来的时候，一想起世人看着我的那些眼神，我就忍不住要战栗起来。因为我知道我最终将会被当作一个骗子和假货被退了回去，会被狠狠地扔到桌子上的。

"一次，我到了一个穷苦老太婆的手中，作为她一天辛苦劳动的工钱。她完全无法把我狠狠地扔掉。谁也不想要我，结果怎样处理我成了她的一件难办的事。

"于是我不得不用这块毫子去骗了一个什么人，她肯定地说：'我没有足够的本钱去收藏一块假钱。那个十分有钱的面包师应该可以得到它，他有资本吃点亏；不过，即使如此，我这样做毕竟还是不对的。'

"那么，我也不得不成了这位老太婆心上的一个重担了。"银毫伤心地叹了一口气，"难道我的晚年真的要变得这样吗？

"后来，老太婆就到有钱的那个面包师那儿去了。这个人非常熟悉现在市上一般流行的毫子，所以我没有办法使他接受。他当即就把我扔回给了那个可怜的老太婆。她因此也就没有余钱买到面包。我感到无比难过，我居然成了别人痛苦的源泉——而我在年轻的时候却是那么快乐，那么自信：我意识到我的价值和我的官印。现在我真是忧郁得很！那一块人家不要的毫子所能经历过的苦痛，我全都经历过了。那个老太婆又再一次把我带回了家里，她怀着一种友爱和温柔的眼神热情地注视着我。'不，我将不会用你去欺骗任何人。'她坚定地说。我将会在你身上打一个洞，好让人们一眼就知道你是假货。不过，并且，我刚才想起来，也许你是一个吉祥的毫子。我宁愿相信这是真的。这个想法留给我的印象很深。我将会在这毫子上穿一个洞，穿一根线过去，把他作为一个吉祥的毫子挂在我邻家的那个小孩的颈上。'

"于是她就在我身上穿了一个洞。被人穿出一个洞来当然不是一件很舒服的事情；但，只要人们的本意是善良的，再多苦痛也就可以忍受了。她从我身上穿进了一根线，所以我也就成为了一个徽章，被挂在一个小孩子的脖子上。这小孩子对我微笑，亲吻着我，我整夜就躺在他温暖的、天真的胸脯上。

"当早晨到来的时候，小孩子的母亲就把我拿在手上，研究我。对我她有自己的想法，马上我就能感觉到了。她拿出一把剪刀来，把这根细线剪断了。

"'一块无比吉祥的毫子！'她说，'唔，我们很快就可以看到。'

"她把我放进醋坛里，我变得全身发绿。之后她就把这洞塞住，擦了我一会儿；之后在黄昏中，她把我带到一个卖彩票的人那里，用我买了一张能使她发财的彩票。

"那时我是多么痛苦啊！我的内心有一种被刺痛的感觉，好像我就要破裂似的。我清楚地知道，我将会被叫作假货，被扔掉——并且在一大堆其他的毫子和钱币面前被扔掉。他们上面都刻有文字和人像，他们可以因为它觉得自己很了不起。但是我偷偷地溜走了。卖彩票的人的房间里有许多人，他很忙，于是我嘎地一声就同许多其他的钱币一起滚到匣子里去了。到底我的那张彩票中了奖没有，我什么也不知道。但有一点我是清楚地知道的，那就是：第二天清早，人们将会认出我只是一个假货，之后会把我拿去继续不断地欺骗人。这是一件令人非常吃不消的事情，特别是你自己的德行本来是很好的——我自己是不能否认这点的。

"有很长一段时间，我就是从这只手中转到那只手中，从这一家转到那一家，我总是被人咒骂，总是被人瞧不起。所有人都不相信我，我对自己和世界都失去了信心。那时的日子真是很不好过。

"直到有一天，来了一位旅客，我自然被转到他手中去了，他这个人也天真得很，居然欣然地接受了我，把我看作一块通用的货币。但是他也想把我用出去。所以我又听到了一个叫声：'没有用的，假货！'

"'我是把它看作真货接过来的啊。'这人不解地说。之后他仔仔细细地看了我一下，突然他满脸露出笑容，我之前从没有看见过任何人在看到我时会露出这样微笑的表情。嗨，'这是什么？'他兴奋地说，'这是我们国的一块钱，一块从我的家乡来的、诚实的、好的银毫，人们却把它穿出一个洞，甚至还要把它当作假货。这倒是一件好事！我要把它留下来，带回家去。'

"我一听见我被称作好的、诚实的银毫，我全身都感到无比欢乐。现在我将要被带回家去了。在那里，每个人都会认识的，会知道我的的确确是用真正的银子铸出来的，而且盖有官印，我兴奋得几乎要冒出火星来！但，我最终还没有冒出火星的性能，那是钢铁才有的特性，而不是银子所具有的特性。

"我被包裹在一张干净的白纸中，使我不会与别的钱币混为一起而被花了出去。只有在无比喜庆的场合，当许多本国人聚集在一起的时候，我才会被拿出来给大家看看。大家都高兴地称赞我，他们说我十分有趣，说来也很巧，一块银毫可以不说一句话却仍会显得十分有趣。

"最终我总算是回到家里来了。我一切的烦恼都将结束。我的快乐生活又重新开始了，我是好银子制成的，并且盖有真正的官印。再没有苦恼的事儿要我忍受了，即使我像是一块假币一样，身上已经被穿了一个洞。但是，倘若一个人实际上它并不是一件假货，但那又有什么关系呢？一个人应该等到最后，他的冤屈总会被平反的——这就是我的信仰。"银毫自豪地说。

两个海岛

在瑟兰海岸之外的地方，荷尔斯坦堡宫的对面，有两个长满了各种各样树的海岛：维诺和格勒诺。海岛上面有村庄、教堂和田地。它们离海岸不远，彼此间的距离也非常近。不过现在那儿只剩下一个岛了。

一天晚上，天气非常可怕。海水在上涨——在过去的日子中它从来没有这样可怕地涨过。风浪越来越大。这简直就是世界末日时的天气。地面好像要裂开似的。教堂的钟忽然自己摇摆了起来，不需要有人敲击就发出声响。

这天夜里，维诺沉到海中去了，就好像它从来没有存在过似的。但后来在许多日子里，潮落的时候、水变得清平如镜的时候，渔人们就驾着船出海，在火亮光中捕鳝鱼。这时，他尖锐的眼睛可以看到水里的维诺和它上面白色的教堂塔以及教堂墙。"维诺一直在等待着格勒诺。"这只是一个传说。现在他看到了这个海岛，他听到了下面教堂的钟声。也许是他弄错了，因为这只不过是经常在水上休息的野天鹅的叫声。它们的凄惨的叫声听起来非常像远处的钟声。

在格勒诺岛上住的老人还能清清楚楚地记得那天夜里的风暴，而且还能清楚地记得他们小时候在退潮时，骑着车在两岛之间来往的情形，正如我们现在从离荷尔斯坦堡宫不远的瑟兰海岸边上乘车到格勒诺去一样。那时的海水只能到车轮的一半。"维诺在等待着格勒诺。"人们不断地这样说着，而大家都信以为真。

很多男孩子和女孩子喜欢在暴风雨之夜中躺在床上想：今晚维诺会把格勒诺接走。他们在恐慌中念着《主祷文》，慢慢便睡着了，做了一夜美丽的梦。第二天早晨，格勒诺和它上面的树林麦田、熟悉的农舍和蛇麻园，依然是在原先的地方。鸟儿唱歌，鹿儿跳跃。地鼠是不管把它的地洞打得多么远，都总不会闻到海水的味道的。

　　但是，格勒诺的日子已经到头了。我们还不能肯定到底还有多少天，但是有一件事是确定了：这个海岛总会有一天早晨沉下去的。

　　也许你昨天还到那儿的海滩上去过，看到野天鹅在瑟兰和格勒诺之间的水面上游动，一只鼓满了风的帆船从树林旁掠过。你也可能在潮落的时候乘着车子路过，并且除此以外再也没有其他的路。马儿在水中走，水溅到了车轮上。

　　可能你离开了。你可能踏进茫茫的世界里了，也可能几年以后又回来了。你看见树林围绕着一大片绿油油的草场，草场上的一个小小农舍前的干草堆散发出甜蜜的气息。现在你在什么地方呢？荷尔斯坦堡宫和它的金塔仍然屹立在那儿。但是离海却不是那么近了，它是远远地在内地。穿过树林和田野，一直到海滩上去——格勒诺到了什么地方去呢？你看不到那个长满树的岛，你前面是一大片海水。难道维诺真的把格勒诺接走了吗——是因为它已经等了那么久么？这件事是在哪个暴风雨之夜发生的呢，还是地震把这个古老的荷尔斯坦堡宫迁移到内地这几万步远的地方中呢？

　　那并不是发生在一个暴风雨的夜里，而是发生在一个明朗的白天。人类用智慧筑了一道抵抗大海的堤坝。人类用智慧把积水抽干了，使得格勒诺和陆地合并到了一起。海湾成了长满了草的牧场，格勒诺跟瑟兰紧紧地依靠在一起。那个古老的老农庄依旧是在它原来的地方。并不是维诺把格勒诺接走了，而是具有长"堤臂"的瑟兰把它拉了过来。瑟兰用抽水筒呼吸着，暗里念着富有魔力的话——结婚的话。于是，它得到了许多许多亩的地作为它结婚的礼品。

　　这是真事，有记录可查。但是格勒诺这个岛现在不见了。

神　方

　　一位王子和一位公主正在度蜜月，他们感到自己处在非常幸福的时候。但只有一件事情让他们非常苦恼：就是怎样才能使他们永远像现在这样幸福。于是，他们就想到了一个"神方"，以防止他们夫妻生活中的种种不幸。他们经常听大家说深山丛林中住着一位智者，对于处于困苦和灾难之中的人，他都能给出最好的交代。所以，这位王子和公主去拜访了他，把他们心里的事也对他讲了。智者了解了他们的来意之后说："你们到世界各国去旅行。只要你们碰到完全幸福的夫妇，你们就向他们要一块他们的贴身衣服的布片。你们一定把这些布片常常带在身边，这是唯一有效的办法了。"

　　就这样王子和公主骑着马离开了。没过多久，他们就听说一位骑士，这位骑士和妻子过着全世界最幸福的生活。他们来到公馆里，问他们婚后的生活是否真如传言所说的那样，过得幸福美满。

　　"不错！"对方肯定地回答说，"只有一件事让人不愉快：我们没有孩子！"

　　所以看来在这里是找不到"神方"了。王子和公主不得不旅行得更远一点，去找绝对幸福的夫妇。

　　他们又来到了一个城市。他们听说这里住着一位小市民，他和他的妻子过着十分满足的生活。他们去访问他，问他是不是像大家所讲的一样，过着真正完整美满的婚后生活。

　　"对，我们就过着这样的生活！"这人赞同地说，"我的妻子和我过着最美满的生活，有一件事令我们感到可惜，那就是我们的孩子太多了——他们给我们带来许多苦恼和麻烦！"

　　就这样，在这人身上也找不到什么神方。王子和公主又向更远的地方旅行了，一直不断地探问是否有完全幸福的夫妻，但是怎么也找不到。

一天，他们在田野间和草场上走着的时候，离大路不远处，他们遇到一个牧羊人，这个牧羊人在快乐地吹笛子。在这时候，他们看到一个女人一手抱着一个孩子，一手牵着一个孩子，正向他走来。牧羊人一看见她，就马上朝她走去，向她打招呼，同时把那个最小的孩子抱过来，亲吻一阵，又抚摸了好一阵。牧羊人的狗朝那男孩子跑过去，舔他的手，狂叫一阵然后又高兴地狂跳一阵。同时，女人把她带来的食物拿了出来，说："孩子他爹，过来，吃饭吧!"于是这男子就坐下来，接过食物，把第一口让给那个最小的孩子吃，把剩下的部分分给男孩儿和那只狗。王子和公主亲眼所见也亲耳听到这一切。于是他们走得更近，对牧羊人一家说："你们一定就是大家所说的最幸福、最满足的夫妇了吧?"

"是，我们就是!"丈夫幸福地回答说，"感谢上帝! 没有哪对王子和公主能够像我们这样幸福!"

"听好，"王子说，"我们有一件事要请你们帮助，你绝对不会后悔的。能否把你最贴身穿着的衣服撕一块赠给我们呢?"

听到这句话时，牧羊人和他的妻子惊讶地呆呆地望着彼此。牧羊人最后无奈地说："上帝知道，我们十分愿意给你一块，不仅仅是布片，连整件衬衫甚至内衣都可以，不过，很抱歉，我们连一件破衣都没有。"

王子和公主没办法，只好再旅行到更远的地方去。最终，他们对于这种漫长而无结果的旅行感到厌倦了，于是他们就回到家里来了。他们到那智者的茅屋里去，于是他们就责骂他，他所给的忠告是那么没用! 他们就把旅行的经过全都告诉了他。

智者微微地笑了一下，说："你们这段旅行真的是没有意义吗? 你们现在难道不是带着丰富的经验回来了吗?"

"是的，"王子开朗地回答说，"我已经深深地体会到，'满足'是世界上一件难得的宝贝。"

"我也明白了，"公主说，"一个人要感到幸福，没有别的办法，只要自己感到满足就可以了!"

就这样，王子拉着公主的手，对望着，展露出亲爱的表情。智者高兴地祝福他们，说："在自己的心里，你们已经找到那真正的'神方'! 好好地保留它吧，就这样，那个'不满足'的妖魔就对你们永远无能为力了!"

甲　虫

皇帝的马钉必须有金马掌①，而且每只脚上都有一个金马掌。

为什么他会有金马掌呢？

这是一匹很美丽的马，有修长的腿，明亮的眼睛；它的鬃毛披在脖子上，像一张丝织的纱。它驮着它的主人在枪林弹雨中驰骋。他听见过子弹的呼啸。敌人逼近的时候，他踢咬周围的敌人，与他们战斗过。他曾经驮着主人从敌人和倒下的马的身上跳过去，并且救过戴着赤金制皇冠的皇帝的生命——比赤金还要贵重的生命。所以皇帝的马钉得有金马掌，而且每只脚上都必须有一个金马掌。

这时甲虫爬过来了。

"大的先来，然后小的也过来，"他说，"身体的大小不是问题。"他边说，边伸出了他细小的腿。

"你要什么呢？"铁匠不解地问。

"我就要金马掌。"甲虫坚定地回答说。

"你脑子一定有毛病，"铁匠说，"难道你也想要钉金马掌吗？"

"我就要金马掌！"甲虫说，"我跟那个大家伙有什么区别呢？他有人伺候，有人刷毛，有人看护，有吃的，还有喝的。难道我就不是皇家马厩里的一员么？"

"但是你没想过为什么只有马儿才钉金马掌么？"铁匠问，"难道你还不懂吗？"

"懂得？我只知道这话对我来说是一种侮辱，"甲虫说，"这分明就是

---

① 原文是"Goldstone"直译即"金鞋"的意思。这儿因为牵涉到马，所以一律译为"金马掌"。

瞧不起人——我现在要走了，我要到外面广大的世界里去了。"

"请便吧！"铁匠毫不在意地说。

"你就是一个没有礼貌的家伙！"甲虫愤怒地说。

于是他飞出去了。他只飞了一小段路程，一会儿，就飞进了一个鲜花盛开的花园，小花园里玫瑰花和薰衣草开得让人陶醉。

"你看这儿美不美丽？"一个在附近飞来飞去的小瓢虫问。他像盾牌一样硬的红红的翅膀上，有许多黑点点在闪闪发亮。"这儿是多么让人陶醉啊！这儿是多么美啊！"

"我看惯了比这更好的东西，"甲虫不屑地说，"你认为这就是美吗？切，这儿连一个粪堆都没有。"

于是他又向前飞，飞到一棵大紫罗兰花的花荫下，一只毛虫正在那儿爬。

"这儿是多么美啊！"毛虫说，"阳光是那么温和，一切都是那么快乐！当我睡了一觉——也就是大家所谓死了一次——之后，我醒来就会变成一只蝴蝶。"

"你太自高自大！"甲虫不屑一顾地说，"乖乖，你只是一只蝴蝶，飞来飞去！我是从皇帝的马厩里来的。在那儿，任何人，就连那匹皇帝心爱的，戴着我所不稀罕要的金马掌的马在内，都不会有这么一个想法。长了一双翅膀能够飞几下！咳，我们来飞吧。"

于是甲虫就幽幽地飞走了。"我是真不愿意生这些闲气，但是我却生了。"

不一会儿，他落到一块大草地上。他在草地上躺了一小会儿，接着就睡去了。

我的天啊！多么大的骤雨啊！雨声把甲虫都吵醒了。他倒很想马上就钻到土里去，但是实在没有办法。他栽了好几个根斗，一会儿用肚皮翻滚，一会儿用后背拍着水。至于起飞，那简直就是不可能的事。他认为自己再也不能从这地方逃命了。他只好待在原来的地方躺下，不声不响地躺下了。

天气稍稍好了一点，甲虫把水从眼里挤出来。他迷迷糊糊地看到了一个白色的东西。这是晾在那儿的一张被单。他费了很大的周折才爬过去，钻到潮湿的被单里去。当然，与那马厩里温暖的土堆比起来，钻在这地方是并不太舒服的。但是更好的地方一时找不到，所以他也只好在那儿趴了整整一天一夜。雨不停地在下着。直到天亮的时候，甲虫才爬出来。这样的天气使他的情绪很坏。

被单上坐着两只小青蛙。他们明亮的眼睛射出极其愉快的光。

"这天气真是好极了！"其中之一说，"多么令人精神愉快啊！被单把水兜住，真是再好不过了！我的后腿有一些发痒，像是要去游一下泳。"

"我倒是很想知道，"另一个说，"那些向遥远的国外飞去的燕子，在他们无数的航行中，是不是会碰到比这更好的天气。这个样子的风暴！这样的雨滴！真叫人觉得像是待在一条潮湿的沟里似的。谁要是不能正确地欣赏这一点，谁就算不上是个爱祖国的人。"

"你也许从来没有到皇帝马厩那里去过吧？"甲虫轻轻地问，"那儿有一股温暖而又新鲜的潮湿味儿。那才是我住惯了的地方，那才是合我的胃口的环境。不过在旅行中我没有办法把它带来。就不能在这个花园里找到一个垃圾堆，不能够使我这样一个有身份的人暂住进去舒服一下子么？"

不过这两只青蛙不明白他的意思，或是不愿意懂他的意思。

"我是从来不会去问第二遍的！"甲虫愤怒地说，但是他已经把这个问题问了三遍，并且都没有得到回答。

于是他又往前飞了一段路，他看到了一块花盆的碎片。这碎片的确不应该被放在这地方，但是它既然已经被放在这儿，也就成了一个可以躲避风雨的地方了。在它的下面，住着好几家蠼螋。他们并不需要太大的空间，但却需要许多许多的朋友。他们的雌性是特别富于母爱的，每个母亲都会认为自己的孩子会是世上最美丽、最聪明的。

"我的一个儿子已经订婚了，"一位母亲高兴地说，"我天真可爱的宝贝！他这辈子最大的愿望是能够爬进牧师的耳朵里去。他真是天真可爱。既然他现在订了婚，大概就可以安定下来。对于一个母亲来说，这真是一件大喜事！"

"我的儿子们刚从卵子蜕化出来，就顽皮起来了，"另外一位母亲高兴地说，"他真是生机勃勃。他简直都要把他的角跑掉了！对于一个母亲来说，这是一件多么愉快的事啊！你说是不是，甲虫先生？"她们根据这位陌生客人的样子，已经认出他是谁了。

"你们两个都是对的。"这样他就被请进她们的房子——也就是说，他在这花盆的碎片下面能待多久就待多久。

"现在也请你看看我的小蝼蛄吧，"第三位和第四位母亲齐声说，"他们也都是非常可爱的小不点儿，而且也非常好玩。他们从不捣蛋，除非他们的肚子十分不舒服。不过在他们这样的年龄，这是经常会有的事。"

这样，每个妈妈都谈及到了自己的孩子。孩子们也都在谈论着，不时会用尾巴上的小钳子来夹甲虫先生的胡须。

"他们都是闲不住的，那些小淘气鬼！"母亲们说。她们的脸上放出慈爱的光辉。但是甲虫对于这些事一点兴趣都没有，因此他就问最近的一个垃圾堆离这里有多远。

"在远方——沟的另一边。"一只蝼蛄回答道，"我希望我的孩子不论是谁都不跑到那么遥远的地方去了，因为那会把我急死的。"

"我却要到那么远的地方去呢。"甲虫说。所以他不经过告别就走了，这是一种很有礼貌的行为。

在小沟旁边，他碰到了几个同族的人——它们都是同一类的甲虫。

"我们就住在这儿，"他们高兴地说，"我们在这儿住得十分舒服。请您允许我们邀请您来这块肥沃的土地么，您走了这么远的路，一定十分疲倦了。"

"不错，"甲虫回答说，"昨天我淋了雨，在湿被单里躺了一夜。清洁这种东西使我特别吃不消。我翅膀的骨节还得了风湿病，我在一块花盆碎片下的湿风中停留过。回到自己的同族中间来，真是愉快啊。"

"你是从垃圾堆里来的吧？"他们中间最年长的一位说。

"比垃圾堆要稍稍好一点，"甲虫骄傲地说，"我是从皇帝的马厩里而来的。我一生下来，马脚上就有金马掌。我是负有神秘使命来旅行的。烦请你们不要问任何问题，因为我是不会回答的。"

所以甲虫就走进这堆肥沃的泥巴中来。这儿坐着三位年轻的甲虫姑娘。她们在格格地傻笑，因为她们不知道应该讲什么。

"她们谁也没有订过婚。"她们的母亲伤心地说。

这几只甲虫姑娘又格格地憨笑起来，她们感到难为情了。

"我在皇家马厩中，从来没有见过比她们更加美丽的美人。"这位旅行中的甲虫高兴地说。

"请不要惯坏了我的女孩子们，请您也不要跟她们讲话，除非您是正确认真的——不过，您的意图固然是认真的，因此我祝福您。"

"恭喜恭喜！"其他的甲虫齐声说。

我们的甲虫就这么订婚了。订完婚之后就是结婚，拖下去是没有意思的。

婚后的第一天非常高兴；第二天也勉强称得上是舒服；不过第三天，太太的、可能还有小宝宝们的吃饭问题就需要考虑了。

"我上钩了，"他后悔地说，"我也要让他们上一次钩，来作为报复。"

他这样一说，也就这样子做了。他走了。他走了一天一夜——他的老婆成了一个寡妇。

别的甲虫都偷偷地说，他们请到家里面来住的这位甲虫，原来是一个不折不扣的流浪汉，他现在却把养老婆的事交给他们了。

"唔，那么就让她离婚，回到我这里来吧，"母亲后悔地说，"那个恶棍真该死，怎么能遗弃了她呢！"

之后，甲虫仍在继续他的旅行。他靠着一片白菜叶渡过了那条沟。快天亮的时候，有两个孩子走来了。他们看到了甲虫先生，就把他捡起来，翻来翻去地看。他们两人是很有学问的，尤其是他们中的男孩子。

"安拉①在黑石山的黑石头中找到黑色的甲虫《可兰经》上难道不是这样写么？"他问，他把这只甲虫的名字译成了拉丁文，而且把他的种类和特征描述了一番。这位年轻的学者十分反对把它带回家去。他觉得他们已经有了同样的好的标本。甲虫觉得这话不太礼貌，于是他就一下子从这人的手中飞走了。他的翅膀已经干了，所以他可以飞得很远很远。他飞进了一个温室。温室的玻璃顶开着一部分，所以他偷偷地溜了进去，钻进了新鲜的粪土中。

"这儿真是很舒服。"他愉快地说。

一会儿他就睡着了。他梦到皇帝的战马死了，他梦到他得到了马儿的

---

① 安拉（Allah）是阿拉伯文"上帝"之意。

金马掌，并且人们还答应将来再送一双给他。

这是件很美妙的事情。醒来以后，它爬出来向四周看了看。这温室真是可爱极了！巨大的棕榈树高高地延伸向空中，太阳把它们照得十分透明。棕榈树下面是一片片光彩夺目、黄得像琥珀、红得像火、白得像雪的花丛！

"这也要算是空前绝后的一个植物展览了，"甲虫惊诧地说，"这些植物腐烂了之后，味道将会多鲜美啊！这真是一个巨大的食物储藏室！这儿一定会有我的亲戚。我要循着足迹去到处看看，能不能找到什么值得我交往的人物。我是很骄傲的，同时我也因此而感到骄傲。"

于是这样，他就昂首阔步地走起来。想着他刚刚做的关于那只死马和他获得的金马掌的梦。

突然一只手抓住了甲虫，捏着他，把他翻来翻去。

原来园丁的小儿子和玩伴正在这个温室里玩耍。他们看见了甲虫，想跟他玩一玩。他们用葡萄树的一片叶子裹住它们，然后塞在一个温暖的裤袋里。他们尽力地爬着，挣扎着，但是孩子的手紧紧地捏住了他。后来孩子们跑到花园尽头的湖边。在这儿，甲虫被放进一只破旧的、没有了鞋面的木鞋里面。鞋中还插上了一根小棍儿，作为桅杆。甲虫就被毛线绑在这根桅杆上。现在他成为船长了，他必须得驾着船航行。

这是一个非常大的湖，对甲虫说来，简直是一个大海洋。他非常非常恐惧，只得仰身躺着，乱踢着他的几条腿。

这只木鞋顺着水流漂啊漂，被卷入了水流中。当它流得离岸边太远的时候，其中一个孩子扎起裤脚，从后面追上来，又把它拉了回去。但是当它再流出去的时候，有人喊住这两个孩子，而且喊得十分焦急。所以他们就匆忙地离去了，于是那只木鞋就顺水漂走了。就这样，木鞋就离开了岸边，越冲越远。甲虫完全吓得全身发抖，他被系在桅杆上，没法飞走。

这时飞来了一只苍蝇。

"天气多好啊！"苍蝇高兴说，"我想在这儿休息一下下，在这儿晒太阳。你已经享受得够久了。"

"你在胡扯！难道你没有看到我是被绑着么？"

"啊！但我并没有被绑着啊。"苍蝇说着说着，就飞走了。

"我现在可看清这个世界了，"甲虫悲伤地说，"一个卑鄙的世界！而我却是世上唯一老实的。开始，他们不让我得到金马掌，让我躺在湿被单上，站在寒风里；之后，他们居然硬送给我一个太太。于是我必须采取紧急措施，逃到这个大世界来。我了解了人们是怎样生活的，同时也明白我自己应该怎样生活。这时偏又来了一个小龟孙子，把我绑了起来，让那些狂暴的波涛肆意地摆布我，而皇帝的那匹马穿着他的金马掌在散步。这些简直是要把我气死了。但是在这个广大的世界上，你是不能指望得到什么同情的！我的人生一直是很有意义的，不过，如果没有什么人知道的话我的事业，那又有什么意义呢？世人也都不配知道它，否则，皇帝的那匹爱马待在马厩里伸出马腿来让人钉金马掌的时候，大家就应该也让我得到金马掌了。我得到了金马掌之后，那也可以算是马厩的光荣了。现在马厩对我来说，算是完了，这世界也算是完了，一切都完了！"

不过一切并没有完。来了一条船，船上坐着好几个年轻的女子。

"看！有一只木鞋。"其中一位说。

"还有一只小甲虫绑在里面呢。"另一位说。

船驶近木鞋。她们把它从水里捞出来。有一位女士取出一把剪刀，剪断了那根毛线，但并没有伤害到甲虫。她们上岸的时候，那女人就把他放到草上。

"爬吧，爬吧！你如果能飞，飞吧！"她说，"自由是一件美丽的事情。"

甲虫飞起来了，一直飞进一个巨大的建筑物的窗子中。他又累又困，便落下来，恰恰落在国王那匹爱马又细又软又长的鬃毛中。这匹马就站在和甲虫同住的那个马厩里。甲虫紧紧地抓住马鬃，坐了一会儿，恢复一下精神。

"我现在坐在皇帝的爱马身上——作为骑着他的人坐在上面！我刚才说了什么呢？我现在懂得了。这个想法非常对，非常正确。马儿为什么要有几副金马掌呢？那个铁匠问过我这句话。现在我可明白他的意思了。马儿得到金马掌完全是因为我的缘故。"

现在甲虫心满意足了。

"一个人只有旅行一次之后，头脑才会变得比较清醒一些。"他满足地说。

这时阳光照在他身上，很明媚。

"这世界仍然不能说是太坏，"甲虫说，"一个人只是需要知道对付应付它就成。"

这世界的确是很美丽的，皇帝的马钉上了金马掌，而他所以钉上金马掌，完全是因为甲虫要骑他。

"现在我将下马去告诉其他的甲虫，告诉大家把我伺候得如何周到，告诉他们我在国外的旅行中所得到的所有快乐。我还要去告诉他们，从今往后，我要待在家里，直到马儿把他的金马掌穿破了为止。"

园丁和主人

离京城十四五里地的地方，有一幢非常古老的房子。它的墙非常厚，并且有塔和尖尖的山形墙。

每年夏天，都有一个贵族家庭搬到这里来住。这是他们所有房产中最好和最漂亮的房子。从外面看来，它似乎是最近才建成的，但是它上面却是非常舒适安静。门上有一块石头雕刻着他们的族徽，这族徽的四周和门上的扇形窗上缠绕着许许多多美丽的玫瑰花。房子前是一片整齐的草场。这儿有红山楂和白山楂，还有更名贵的花——至于温室外面，那当然更不用说了。

这儿有一个很能干的园丁。这些花圃、果树园和菜园，真叫人感到高兴。老花园还有一部分没有改动，包括那些剪成皇冠和金字塔形状的黄杨树篱笆。篱笆后面有两棵古树，几乎一年四季它们都是光秃秃的。你很可能认为有一阵暴风曾经卷了许多垃圾撒到它们身上去，不过每个垃圾堆却是一个雀巢。

从很久以前起，喧闹的乌鸦和白嘴雀就在这儿做巢。这儿简直像一个鸟的村子，鸟就是这里的主人，这儿最古老的家族，这屋子的所有者，在它们眼中——下面住着的人是不算什么的。但是它们容忍这些步行动物存在，他们虽然有时放放枪，把它们吓得发抖并且乱飞乱叫："呱！呱！"

园丁经常对主人建议把那些老树砍掉，因为它们并不美观。如果没有它们，那些喧闹的鸟儿会没有家——它们会迁到别的地方去。但是主人既不肯砍树，也不肯赶走这群鸟儿。这些东西是遗留下来的，跟房子有密切联系，不能随随便便地去掉。

"亲爱的拉尔森，那些树是鸟儿的财产，你就让它们住下来吧！"

园丁的名字叫作拉尔森，不过这跟故事并没有什么关系。

"拉尔森，难道你还嫌工作的区域不够大么？整个的花圃以及温室、果树园和菜园，足够你忙的呀！"

这些就是他忙的地方。他热情地、在行地保养着它们，爱护着它们和照顾着它们。主人知道他勤快。但有一件事他们却并不瞒着他：他们在别人的家里看到的花儿并尝到的果子，统统都比自己花园里的好。园丁听了非常难过，他总是想尽一切办法把事情做好，事实上他也尽了他自己最大的努力。他是一个好心肠的人，也是一个认真工作的人。

一天，主人把他叫去，温和而严肃地对他说，前些天他们去看一位有名的朋友。他拿出来待客的几个苹果和梨子是那么甜，那么香，所有客人都啧啧称赞，羡慕得不得了。这些水果不是本地产的，不过如果我们的气候允许的话，那么就应该想办法把它们移植过来，让它们在这里开花结果。这些水果是在城里最好的水果店里面买来的，于是园丁应该骑马去好好打听一下，这些东西是哪里的东西，同时设法弄几根接枝来栽培。

园丁跟水果商非常熟，园里所有种的水果，每次逢到主人吃不完的时候，他就会拿去卖给这个商人。

园丁到城里去，向水果商打听这些一流的梨子和苹果是从哪来的。

"你拿来的啊！"水果商说，同时把梨子和苹果拿给他看，他马上就认出来了。

嗨，园丁很高兴！他赶忙回来，告诉主人讲，梨子和苹果都是他们园子里的东西。

主人不敢相信。

"拉尔森，这不可能！你可以叫水果商给你一个书面证明吗？"

这不难，他叫水果商给了一个书面证明。

"这真出乎我的意料！"主人诧异地说。

他们每天在摆着许多自己园子里产的这些鲜美的水果。有时他们还把这种水果整筐整桶送给了城里城外的朋友们，甚至还运到国外去。这真是非常愉快的事情！有一点必须说明：最近的两个夏天是特别适合于水果生长的，全国各地的收成都非常好。

　　不久之后，一天主人参加宫廷里面的宴会。他们在宴会上吃到了皇家温室里长熟的西瓜——又甜又香的西瓜。在第二天主人把园丁喊来。

　　"亲爱的拉尔森，请你替我们向皇家园丁要点这种鲜美西瓜的种子来种吧！"

　　"但是皇家园丁的瓜的种子是向我们要去的呀！"园丁开心地说。

　　"那么皇家园丁一定了解怎么样用最好的方法去培植出最好的瓜了！"主人兴奋地回答，"他的瓜好吃极了！"

　　"这样一说，我倒要感到很骄傲呢！"园丁高兴说，"我可以告诉您，皇家园丁去年的瓜种得并不好。他看我们的瓜长得好，尝了以后，他就定了几个，叫我送到宫里面去啦。"

　　"拉尔森，切记不要认为这就是我们园里产的瓜啦！"

　　"我有证据！"园丁认真地说。

　　于是他向皇家园丁要来字据，证明皇家餐桌上的那些西瓜正是这位贵族园子里的东西。

　　这在主人们看来真的是一件惊人的事情。他们把字据拿给大家看。他们把西瓜子到处送，就像他们以前分送接枝一样。

　　关于这些接枝，后来他们听说成绩很好，都结出了鲜美的果子，而且都还以他们的园子命名。这名字现在英文以及德文和法文里还都可以读得到。

　　这是谁也没有料想到的事。

　　"我们只是希望园丁不要自以为是。"主人说。

　　可园丁有另一种想法：他要让大家都清楚他的名字——全国最好的园丁。他每年都设法在园艺方面创造出特别的东西来，而且事实上他也做到了。不过他也经常听人说，他最先培养出的一批果子，像梨子和苹果，的确是这里最好的；但以后就差得远了。西瓜的确是非常好的，但是这是另外一回事。草莓也可以说是味道很鲜美的，但是并不比别的园子里的好多少。有一年他种的萝卜失败了，人们只是谈论着这倒霉的萝卜们，却对别的好东西一字不提。

　　看这个样子，主人说这样话的时候，似乎倒感到很高兴的："亲爱的拉尔森，今年的运气可不太好啊！"

他们好像认为能说出"今年的运气可不太好啊!"这句话,是一件高兴的事情。

每星期园丁到各个房间里去换两次鲜花,他把这些花布置得非常具有艺术气息,它们的颜色相互辉映,来衬托出它们的鲜艳。

"拉尔森,你这个人很有艺术天分,"主人说,"这是上帝给你的一种天分,不是你生来就有的!"

有一天园丁手里拿着一个大水晶杯子进来,里面还浮着一片睡莲叶。叶子上有一朵像向日葵一样鲜艳的蓝花——它那又长又粗的梗子浸泡在水里。

"印度的莲花!"主人不禁发出了一个惊奇的叫声。

他们从没看见过这样美丽的花。白天它沐浴在阳光里,晚间它浸浴在人造的阳光中。看到它的人都认为它出奇地珍贵和美丽,甚至这国家里最高贵的小姐都这样讲,她就是公主——一个和善聪明的人。

主人很荣幸地把这朵花献给了她,所以这花便和她一起到宫里去了。

现在主人想要亲自到花园里面去摘一支同样的花——假如他找得到。但是他却怎么找也找不到。于是他就把园丁喊来,便问他是在什么地方弄到那朵蓝莲花的。

"我们怎么样也找不到!"主人说,"我到温室去过,到花园的每一个角落里去过了!"

"唔,在这些地方当然你找不到的!"园丁说,"它是菜园里的普通花!不过,老实讲,它难道不够美么?它虽然看起来像仙人掌花,事实上它只不过是朝鲜蓟的一朵花。"

"你早该把实情告诉我们!"主人愤怒地说,"我却以为它是一种外国稀有的花。在公主面前你拿我们开了一个十分大的玩笑!她一看到这花就觉得它很漂亮,但是她却不认识它。她对于植物学很有一些研究,不过科学和菜蔬是没有联系的。拉尔森,你怎么会想到把这花送到房间里来呢?现在我们成了一个笑柄!"

所以这朵从菜园里采来的蓝花,就从客厅里拿出去了,因为它不应该是客厅里的花。主人对公主道了一番歉,同时告诉她说,那不过是一朵菜花,只是园丁一时心血来潮,便把它献上,他刚才已经把园丁好好地痛骂了一顿。

"这样做是错的！"公主说，"是他叫我们睁开眼看一朵我们从不注意的、漂亮的花。他把我们想不到的美拿给我们看！一旦朝鲜蓟开花，御花园的园丁就每天必须得送一朵到我房间里来！"

事情就这样照公主说的办了。

主人告诉园丁讲，现在他可以接着送新鲜的朝鲜蓟花到房间里去。

"那的确是非常美丽的花！"男主人以及女主人一起齐声说，"非常非常珍贵！"

园丁受到了主人们的称赞。

"拉尔森喜欢这样！"主人不高兴地说，"他简直就是一个被惯坏了的孩子！"

秋天的时候，有一天，刮起了一阵非常可怕的暴风。暴风吹得非常非常厉害，把树林中的许多树都连根吹倒了。这使主人感到悲哀——他们把这称作悲哀——但使园丁感到开心的是：那两棵布满了雀巢的大树都被吹倒了，人们都可以听到乌鸦和白嘴雀们在暴风中哀鸣。屋子里的人说，它们曾经用翅膀打过窗子。

"拉尔森，现在你可以高兴了！"主人生气地说，"暴风把大树吹倒了，鸟儿们都迁到树林里去了，古时的遗迹全都没有了，所有的痕迹和纪念全都没有了！我们感到非常非常地难过！"

园丁什么话也不讲，他在心里盘算着他早就打算要做的事情：怎样利用他从前没法处理的这块美丽的、富饶的洒满阳光的土地。他要努力使它变成花园的骄傲以及主人的快乐。

大树在倒下的时候，把老黄杨树篱笆全部都毁掉了。他在这儿种了一大片植物——全都是从田野和树林里移来的本乡本土的植物。

其他的园丁都认为不能在一个府邸花园里面大量种植的东西，他却去种植了。他把每种植物栽在适宜的土里，并且根据各种植物的特征、生长情况种在阴处或有阳光的地方。他是用深厚的感情去培育它们，它们也都长得非常茂盛。

那些从瑟兰荒地上移来的那些杜松们，看起来在颜色和形状方面都长得跟意大利柏树没有什么差别；柔润多刺的冬青，无论在寒冷的冬天或炎热的夏天里，总是那么的青翠可爱。前面一排是各种各样的凤尾草：它们有的像棕榈树的孩子，也有的像"维纳斯①的头发"的那种又美又细的植物的父母。这儿还有人们瞧不起的牛蒡，它是那么美丽，人们甚至可以把它扎进花束中。牛蒡种在干燥的高地上，而在较低的潮地上则种着鼓冬。它也是一种被人瞧不起的植物，但是它那些纤秀的梗子以及宽大的叶子使它显得十分雅致。五六尺高的毛蕊花，一层一层的花朵在那里，昂然地挺立着，像一个有许多枝杈的大烛台。这里还有车铃兰花、樱草花、叶革、野水芋和长着美丽的、三片叶子的酢酱草。它们都真是很美。

从法国移植过来的小梨树，支在铁丝架上面，成行地立在前面。它们能得到充分的阳光和培养，于是很快就结出了水汪汪的大果子，好像本国产的一样。

在原来两株老树的地方，竖起了一根很高很高的旗杆，上面飘着丹麦国旗。旗杆的旁边还有一根杆子，在夏天和秋天，它上面悬着它香甜的花球和啤酒花藤。不过在冬天，根据古老的习惯，上面挂着一束燕麦，可以使天空的飞鸟在快乐的圣诞节能够饱餐一顿。

"拉尔森越老越来越感情用事，"主人说，"但是他对我们是忠心的。"

新年的时候，城里有一个画刊刊登了一幅这幢老房子的画。人们从画中可以看见旗杆和为雀子过快乐的圣诞节而挂起的这一束燕麦。画刊上说，一个尊重古老的风俗是一种相当漂亮的行为，而且这样与一个古老的府邸，是很相称的。

"这些全是拉尔森的功劳，"主人欣喜地说，"人们为他大吹大擂。他是一个如此幸运的人！有了他，我们几乎也要感到非常骄傲了！"

但他们却并不会感到骄傲！因此他们觉得自己就是主人，他们可以随时把拉尔森解雇。不过他们并没有这样做，他们是好人——而在他们那个阶级里也有许多好人——对于像拉尔森这样的人说来也算是一件好事。

这就是"园丁和他的主人"的所有故事。

现在你可以好好地想一想了。

----

① 维纳斯：罗马神话中爱和美的女神。

完全是真的

"那真是一件很可怕很可怕的事情!"母鸡说。她讲这些话的地方不是城里发生这个故事的那个地域。"那是鸡屋里的一件十分可怕的事情!我今晚不敢一个人睡觉了!真是太幸运了,今晚我们大伙儿都栖在一根栖木上!"所以她讲了一个故事,使得别的母鸡羽毛根根竖起来了,而公鸡的冠子却全都垂下来了。这完全都是真的!

但是我们还是从头说起吧。事情发生在城里另一区的一个鸡舍里面。太阳下山了,所有的母鸡都飞上栖木。有一只母鸡,羽毛很白很白,但腿却很短,且她总是按规定的数目下蛋。在各个方面说起来,她是一只有身份的母鸡。她飞到栖木上去之后,她用嘴啄了自己几下,有一根小羽毛落了下来。

"事情就是这个样子!"她骄傲地说,"我把自己啄得越厉害,我就越美丽!"她说这话的时候神情是很快乐的。因为她是母鸡中一只心情愉快的母鸡,虽然我刚刚说过她是一只很有身份的鸡,不久她就睡着了。

周围一片漆黑。母鸡跟母鸡站在同一边,离她最近的那只母鸡却睡不着,她在倾听———一只耳朵进,一只耳朵出;一只鸡要想在世界上安安静静地活下去,就非如此做不可。不过她不禁要把她所听到的事情告诉她的邻居:

"你有听到刚才的话吗?我可不愿意把名字指出来。不过有一只母鸡,她为了好看,啄掉了自己的羽毛。假如我是公鸡的话,我才看不上她呢。"

这些鸡舍的上面住着猫头鹰和她的丈夫以及孩子们。这一家人的耳朵都很尖,邻居刚才讲的话,他们都听到了。他们翻了翻眼睛,猫头鹰妈妈拍打着翅膀,对孩子们说:

　　"不要听那些的话！不过要我想你们都听到了刚才的话吧？我是亲耳听到过的，你得听了很多才能记得。曾经有一只母鸡完全忘记了母鸡应当有的礼节：甚至她把她的羽毛都啄掉了，让公鸡把她看个仔细。"

　　"Prenez garde aux enfants."① 猫头鹰爸爸不高兴地说，"这不应该是孩子们可以听到的话。"

　　"但是我还是要把这话告诉对面的母猫头鹰！她是一个很正直的猫头鹰，值得深交！"于是猫头鹰妈妈就飞走了。

　　"呼！呼！呜——呼！"他们俩都叫喊起来，而叫喊声就被下边鸽笼里面的鸽子们听见了。"你们听到那样的话没有？呼！呼！有一只母鸡，她把她的羽毛全都啄掉了，想去讨好公鸡！她一定会冻死的——如果到现在她还没有死的话。呜——呼！"

　　"在哪儿？在哪儿？"鸽子们都咕咕地叫着。

　　"就在对面的那个鸡舍里！我几乎可说是亲眼所见。把这件事讲出来真不像话，不过那完全是真的！"

　　"真的！真的！每个字都是真的！"所有鸽子说道，同时向下边养鸡场的鸡咕咕地叫，"有一只母鸡，也有人说是两只，她们把自己身上所有的羽毛全都啄掉了，为的是与众不同，借此引起公鸡的注意。这是一件冒险的事情，因为这样子们就容易得破伤风，最后一定会发高烧死掉。她们两位现在都已经死了。"

　　"醒来啦！醒来啦！"公鸡大叫着，同时冲围墙飞去。他的眼睛仍然带着困意，但是他仍在大叫。"三只母鸡因为与一只公鸡在爱情上发生的不幸，全都死了。她们把她们自己的羽毛啄得精光。这是一件很难堪的事情。我不愿意把这事放在心里，还是让大家都知道它吧！"

　　"这是让大家都知道它吧！"蝙蝠也在说。于是公鸡啼，母鸡叫。"让大家都知道它吧！让大家都知道它吧！"这个故事就从这个鸡舍传到那个鸡舍，最后回到它原来所传出的那个鸡舍去。

　　于是，这故事就变成："五只母鸡把她们自己的羽毛全都啄得精光，

────────────

　　① 这是法文，意义是"提防孩子们听到"。在欧洲人的眼中，猫头鹰是一种很聪明的鸟儿。它是鸟类中的所谓"上流社会人士"，故此讲法文。

目的就是要比出她们之中谁因为失了恋而变得最消瘦。后来她们相互啄得流血，到最后五只鸡全都死掉了。这使得她们的家庭蒙羞，她们的主人也受到了极大的损失。"

那只只掉落了一根羽毛的母鸡当然不知道这个故事就是她自己的故事。她是一只很有身份的母鸡，于是她就说：

"我瞧不起那些母鸡们，但是像这类的贼东西有的是！我们不应该把这件事藏起来。我要尽我的力量让这故事在报纸上发表，让全国都知道这件事。那些母鸡们活该倒霉！她们的家庭也活该倒霉！"

终于，这故事在报纸上被登出来了。这些完全是真的：一根根小小的羽毛可以演变成五只母鸡。

笨汉汉斯

很久以前有一幢古老的房子，里面住着一个年老的乡绅。他有两个儿子。这两个儿子都是那么聪明，他们只须一半的聪明就够，剩下一半的是多余的。他们想要去向国王的女儿求婚，而且他们也都敢于这样做，因为她曾经宣布过，她要找一个她认为最能表现自己的人做丈夫。

这两个人准备了整整一星期——这是他们能花的最长的时间。但这也够了，他们有许多许多学问，这些学问都是有用的。一个已经把整个拉丁文字典和这城市出版的整整三年的报纸，先从头到尾，再从尾到头，都背得烂熟。另一个精通公司法以及每个市府议员所应知道的事情，因此他就认为他能谈论国家大事；因此他还会在裤子的吊带上绣花，因为他是一个心灵手巧的人。

"我要得到这位公主！"他们两人齐声说道。

他们的父亲就给他们每人一匹漂亮的马匹。那个能背诵整部字典以及三年报纸的儿子得到一匹漆黑的马匹，那个了解国家大事和绣花的儿子得到一匹乳白色的马匹。然后他们在自己的嘴角上擦了一些鱼肝油，好让他们能够说话说得圆滑。所有的仆人都站在院子里，注视着他们上马。这时第三位少爷来了。他们总共是三个兄弟，虽然谁也不把他当作兄弟——因为他不像其他两个兄弟那样有学问。人们都把他称作"笨汉汉斯"。

"你们都穿得这么美丽，要到什么地方去呀？"他天真地问。

"到宫里去，向国王的女儿求婚！你没有听到鼓声么？"

所以他们就把事情原本地告诉了他。

"我的上帝！我也应该去！"笨汉汉斯大声说。两个兄弟对他嘲笑了一通之后，便骑着马儿走了。

"爸爸，我也必须得有一匹马。"笨汉汉斯大声地说，"我现在非常非常想结婚！如果她要我，她可以得到我。她不要我了，我还是可以要她的！"

"这完全就是胡说八道！"父亲说，"我什么马也不会给你。你连话都不会讲！你的两个兄弟才算得上是聪明人呢！"

"我如果不配拥有一匹马，"笨汉汉斯说，"那么就请给我一只公山羊吧，这山羊本来就是我的，它驮得起我！"

因此他就骑上了山羊。他的两腿一夹，就在马路上跑了起来。

"嗨，嗬！骑得真带劲！我也来了！"笨汉汉斯说，同时高声唱起了歌，他的声音产生一片回音。

但是他的两个哥哥在他的前面却都骑得非常斯文。他们什么话都不说，他们正在琢磨他们要讲的那些美丽的句子，这些东西都必须在事先想好。

"喂！"笨汉汉斯叫喊着，"我来了！瞧瞧我在路上找到的东西吧！"他就把他找到的一只死了的乌鸦拿给他们看。

"你这个笨蛋！"他们说，"你带着它做什么？"

"我要把它送给美丽的公主！"

"好吧，你就这样做吧！"他们说，嘲笑他一通，骑着马走了。

"喂，我来了！看看我现在找到了什么！这并不是你每天可以在公路上找得到的东西呀！"

这两兄弟转过身来，看他现在又找到了什么东西。

"笨汉！"他们说，"这只不过是一只破旧木鞋，而且它的一部分已经没有了！你难道把这也拿去送给公主么？"

"当然一定要送给她的！"笨汉汉斯说。所以两位兄弟又大笑起来，继续骑着马继续向前进。

"喂，我来了！"笨汉汉斯高声喊着，"嗨，一切都越来越好了！好哇！真是好啊！"

"你又找到了什么东西啊？"两兄弟不屑地问。

"啊，"笨汉汉斯说，"这个非常难说！她，公主将会是多么高兴啊！"

"呸！"这两个兄弟不屑地说，"那只不过是沟里的泥巴罢了。"

"不错，一点也不错，"笨汉汉斯说，"而且是最好的一种泥巴。你连拿都拿不住。"于是他就用袋子装满了泥巴。

这两兄弟快速地向前飞奔,他们来到城门口时,足足比汉斯早一个钟头。他们一到就拿到了一个求婚登记号码。大家排成几队,每队有六个人。他们挤得那么紧,就连手臂都无法动弹一下。这是非常棒的,否则他们会因为你站在他的面前,就把彼此的背撕得稀巴烂的。

城里所有的居民都拥到宫殿的周围来,一直挤到窗子上去。他们倒要看公主是怎样接待她的求婚者的。每个走进房间里去的人,会马上失去说话的能力。

"一点用处也没有!"公主愤怒地说,"滚开!"

现在轮到了那位能背诵整部字典的人,但他在排队的时候却把字典全都忘掉了。地板在他脚下发出格格的响声。大殿的天花板是镜子做的,他看到自己的头是在地上的。每个窗子边都站着三个秘书和一位参议员。他们把人们所讲出来的话全部都记录了下来,以便立刻在报纸上发表,拿到街上去卖两个铜板。这真是很可怕。此外,火炉里仍着火,把烟管子都烧红了。

"这地方真热!"这位求婚者说。

"一点也没错,我的父皇今天要烤几只子鸡呀!"公主说。

糟糕!他呆呆地站立在那儿,他没有预料到会碰到这样的话,正当他想讲句风趣的话的时候,他却一句话也说不出来。糟糕!

"一点用处都没有!"公主说,"滚开!"

于是他也就只好滚开了,现在第二个兄弟走进来了。

"这儿真是热得太可怕了!"他说。

"是的,因为我们今天要烤几只子鸡。"公主说。

"什么?刚才说什么?"他说,那几位秘书全都齐刷刷地写着:"什么?刚才说什么?"

"一点用处也没有!"公主愤怒地说,"滚开!"

现在轮到笨汉汉斯了。他骑着山羊一直走进房间里。

"这儿真热!"他大声地说。

"是啊,因为我正在烤子鸡啊。"公主说。

"啊,那真是太好了!"笨汉汉斯说。"那么我也可以烤一只乌鸦么?"

"欢迎你来烤，"公主说，"但是你用什么烤呢？我既没有什么罐子，也没有锅啊。"

"我有！"笨汉汉斯说，"我自己有一个锅，而且上面还有一个洋铁把手。"

所以他就取出那只旧木鞋来，同时把那只乌鸦也放进里面去了。

"这些足够吃一整顿！"公主说，"但是我们从哪里去弄酱油呢？"

"我口袋里有的是！"笨汉汉斯说，"我有很多，我还能扔掉一些呢！"所以他就从他的口袋里倒出一点点泥巴来。

"这真让我高兴！"公主说，"你现在能够回答问题！你会讲话，我愿意让你成为我的丈夫。但是，你知不知道，你所讲的每句话都被记录下来了，且明天就要在报纸上发表？你看每个窗子旁站着三个秘书以及一个老参议员。这位老参议员最糟，他什么也听不懂！"

她说这句话无非是要吓唬他一下。秘书们都傻笑起来，洒了一滴墨水到地板上。

"乖乖！这些就是所谓的绅士！"笨汉汉斯笑着说，"那么我不得不把我最好的东西都送给这位参议员了。"

于是他就把他的口袋翻过来，对着参议员的脸上扔了一大把一大把的泥巴。

"这真的是做得很聪明，"公主说，"我自己就做不来，不过相信我很快也可以学会的。"

就这样笨汉汉斯成为了一个国王，娶到了个公主得到了一顶王冠，同时还高高地坐在王位上。这个故事是我们从参议员的报纸上读到的——不过它并不是完全的！

一串珍珠

一

从哥本哈根通到柯尔索尔①，是丹麦唯一的铁路②。这是一串珠子，欧洲有不少这个样子的珠子。最昂贵的几颗珠子是：巴黎、伦敦、维也纳以及那布勒斯。但是有许多人都不会把这些大都市作为最美丽的珠子，却把无声无息的小城市当作他们最温暖的家。他们最心爱的人住这小城市里。确实是，它只不过是一个朴素的园子，一幢藏在绿篱笆中的小房子，仅此而已。当火车从它旁边经过的那个时候。

在哥本哈根和柯尔索尔之间的那条铁路线上，会有多少颗这样的珠子呢？算一算，可以引起多数人注意的一共有六颗。旧记忆和情诗使这几颗珠子闪闪发光，因此它们也在我们的思想中射出光彩。

佛列德里克第六世③的宫殿坐落在一座小山上，这里就是那个奥伦施拉格尔斯④小时候的家。在山的附近就有这样的一颗珠子藏在松得尔马根森林之中。大家把它叫作"菲勒蒙和包茜丝茅庐"，译过来就是：两个可

---

① 柯尔索尔（Korsor）是瑟兰岛上极北部的一个小镇，跟哥本哈根在同一个岛上。

② 这是 1856 年的情形。

③ 佛列德里克第六世（Frederik den Sjettes，1768—1839）是丹麦的国王（1808—1839），同时也是挪威的国王（1808—1814）。

④ 奥伦施拉格尔斯（Adam Gottlob CElenschlagears，1779—1850）是丹麦有名的诗人和戏剧家。

爱的老人的家。拉贝克以及他的妻子珈玛①就住在里面。很多学者从忙碌的哥本哈根特别来拜访这个好客的屋子里来。这是充满知识的家——唔，请不要说："嗨，变得有多快啊！"这儿没有变，仍然是学者之家，是植物的温室！干瘪的花苞，在这里得到滋养和庇护，一直到它开花结子。太阳带着生命力和欢乐，照射到这安静的精神之家里面来。其他的世界，通过眼睛映射进灵魂无底的深处，这个浸在人间的爱里的白痴之家，一个神圣的地方，是植物的温室。这些植物将会有一天被移植到上帝的花园里，在那里开出鲜艳的花朵。这里现在正住着智力最弱的人们。有的时候，最伟大的和最能干的头脑在这里见面，思想交流并达到很高的境界——在这个"菲勒蒙和包茜丝茅庐"里，灵魂的火焰在燃烧着。

现在我们看到了古老的罗斯吉尔得，它是洛亚尔泉旁边的一个被用作皇家墓地的小镇了。教堂的那个瘦长的尖塔在这低矮的镇上的空中，同时也倒映在伊塞海峡中。我们在这儿只寻找一座坟墓，用珠子的闪光来观察它。这不是那个伟大皇后玛加列特的坟墓——不是这样的。这坟墓就在教堂的墓地里面，我们刚刚就从它的白墙的外边经过。坟上放着一块平凡的墓石，一流的风琴手——丹麦传奇的复兴者——就躺在这下面。古代的传奇是我们灵魂中的和谐乐章。我们从中了解到，凡是有"白浪滚滚"的地方，就有一个国王驻扎的营地！罗斯吉尔得，你就是一个埋葬了帝王的城市！在你的珠子里面我们看到了一个寒酸的坟墓：它的墓石上刻有一把竖琴以及一个名字——魏塞②。

现在我们来到西格尔斯得。它在林格斯得那个小镇的附近，它的河床是很低的。在哈巴特的船停过的那个地方，离茜格妮的闺房不远的地方，长着许多的金黄的玉蜀黍。有谁不知道哈巴特的过去的故事呢？正当茜格妮的房间着火的时候，哈巴特在一株椰树上被绞死。这是一个很伟大的爱情故事。

---

①　拉贝克（Knud Lyne Rabbek）是丹麦一个多产而平庸的作家，死于1830年。但他和他的妻子珈玛（Camma）在丹麦文艺界起了相当重要的作用，因为他们的家是丹麦文艺界一个集会的中心。

②　魏塞（Chrigtoph Ernst Friedrich Weyse，1775—1842）是丹麦一个著名的作曲家和风琴手——丹麦传奇的复兴者。

"美丽的苏洛藏在深树林里面!"① 那个安静的修道院, 隐隐地在那长满了青苔的绿树林中显露了出来。年轻的眼睛在湖上的学院里朝外面的大路上凝望, 耳朵静听火车的龙头轰轰地穿过树林。苏洛, 你是一颗伟大的珠子, 你保存着荷尔堡的尸灰! 你的学术之宫②, 就像一只伟大的白天鹅, 优雅地游浮在树林中深沉的湖中。在那附近, 有一幢小房子, 像树林中的一朵星形白花, 射出明亮的亮光, 我们的眼睛都望向它。虔诚的赞美诗从这里飘到了世界各地。在这虔诚的诗里面有祈祷声。农民安静地听, 所以他们知道了丹麦逝去了的那些日子。绿树林和鸟儿的歌声总是要联在一起的, 同样的, 苏洛和英格曼的名字永远也不会分开。

再往前面走就是斯拉格尔斯! 在这颗珠子的光芒里, 有什么东西射出来呢? 安特伏尔斯柯乌寺院早就已经没有了, 宫殿中的华丽的大厅也已经没有了, 甚至它剩下的一个孤独的边屋也已经没有了。然而还是有一个非常古老的遗迹留了下来。人们修理了它无数次。它就是屹立在山顶上的一个木十字架。在古时代的一天夜里, 斯拉格尔斯的牧师圣·安得尔斯被神托着从耶路撒冷的空中顺利起飞。他一睁开眼就发现自己降落在这座山上。

柯尔索尔——你③是在这个地方出生的, 你给我们:

在瑟兰岛之文克努得的歌中,

戏谑中杂有诚意。

你是文学和幽默的大师! 那个荒凉堡垒的古墙是你儿时的家的最后一个可以看得见的证明。当太阳落山的时候, 它就映着你出生的那幢房子。你靠在这古墙上向斯卜洛戈的高地凝望; 当你还 "很小的时候", 你看到了 "月亮沉到岛后"④, 你也用不朽的曲调歌颂它, 和你歌颂瑞士的群山是一样。你在世界的 "迷宫" 里面走过, 你发现:

什么地方的玫瑰也没有这样鲜艳,

---

① 这是引自丹麦名作家英格曼 (Bernhard Severin Ingemann, 1789—1862) 的一句话。英格曼是安徒生的朋友。

② 指 "苏洛书院" ——这是丹麦名作家荷尔堡所创办的一个学校。

③ 指丹麦的名诗人和讽刺作家柏格生 (Jens Immanue? Bagsen, 1764—1826)。

④ 引自柏格生的一首名歌《当我还是很小的时候》。

什么地方的荆棘也没有这样细小，

什么地方的床榻也没有这样柔软，

像我们天真的儿时睡过的那样好。

你是个活泼的、风趣的歌手！我们现在为你扎一个车叶草的花环。我们现在把这花环抛到湖中，让波浪把它带到埋葬着尸灰的吉勒尔海峡的岸边。这花环代表了年轻人对你的敬意，代表你的出生地柯尔索尔——在这儿断了的串珠——对你的敬意。

二

"这确实是从哥本哈根牵到柯尔索尔的一大串珠子，"外祖母听到我们刚才念出的句子后说道，"这对于我来讲是一串珠子，并且四十多年以来一直如此。"她说，"那时候我们没有蒸汽机。现在我们只需几个钟头就可以走完的那段路，那时得花好几天的工夫。那是 1815 年，那年我才二十一岁。那是一个可爱的年度！现在虽然已经过了大约六十年，回忆仍然是可爱的、充满了幸福的！在我年轻的时候，我认为哥本哈根是所有城市中最大的城市。与现在比起来，那时去过一次哥本哈根就算是一件很了不起的事情。我的父母还想过了二十年以后再去看看，我也得同去。我们把这次旅行计划了好几年，现在这计划却真的要实现了！在我看来，一个完全不同的生活就快要开始了，在某种意义上来讲，我的这种新生活也真的是开始了。

"大家都在忙着缝东西和捆行李。我们要动身的时候，的确，应该是有多少好朋友来送行！这是我们的一次很伟大的旅行！上午我们坐着爸爸以及妈妈的'荷尔斯坦'式的马车走出城来。我们从街上经过的时候，所有熟人都从窗子里探出脑袋对我们点头，一直到我们走出山圣·雨尔根门。天气非常晴朗，鸟儿们在唱着歌，一切都显得非常非常可爱。我们几乎忘记了去纽堡是一件艰苦的事情。我们到达的时候天已经黑了。邮车要到深夜才能来，船也要等它来了以后才开行。但是我们却上了船，面前是一望无际的平静的水面。

"我们穿着衣服躺下睡了。我早晨一醒来就走上甲板。雾非常大，四周什么也看不见。不久之后，我听到了公鸡的叫声，同时也注意到太阳升起来了，钟声响起来了。这时我想我们来到了什么地方呢？雾已经消散了。事实上我们仍然是停留在纽堡附近。轻微的风在不停地吹着。我们一会儿把帆掉向这边，一会儿把帆掉向那边，最后总算是很幸运：在晚上刚过十一点钟的时候，我们便到达了柯尔索尔。这十六海里的路程已使我们花了大约二十二个钟头。

"走上陆地是一件很愉快的事情，但是天却已经是很黑了，灯也不亮。一切对我说来都是陌生的，因为我除了奥登塞以外，其他什么地方也没有去过。

"'柏格生就是在这里出生的！'我的父亲激动地说，'比尔克纳之前也在这儿住过。'"

那时我就立刻觉得，这个充满了矮小房子的小城市马上变得光明起来。同时我们也觉得非常高兴，我们的脚踏着的是坚实的地面。这天晚上我睡不着，我一直想着自从前天离开家以后我所看到的和经历过的许多东西。

"第二天早晨我们很早就必须得爬起来，因为在我们没有到达斯拉格尔斯之前，我们还有一条充满陡坡和泥洞的路要走。在斯拉格尔斯另一边的路也并不比这儿更好。我们都很希望能早点到达'螃蟹酒家'，我们今天可以从这儿到苏洛去。我们可以拜访'磨坊主的爱弥尔'——我们都是这样称呼他的。是的，他就是你的外祖父，是我的去世了的丈夫，是乡下的牧师。那时他在苏洛念书，刚考完他的第二次考试，并且通过了。"

"我们在午后到达'螃蟹酒家'。这是当时的一个漂亮的地方，是旅程中最好的酒店，一个十分可爱的处所。是的，大家都不得不承认，现在它还是如此。卜兰别克太太是一个勤快的老板娘，店里所有的东西都好像切肉桌一样擦洗得非常干净。墙上挂着的玻璃镜框里镶嵌着柏格生写给她的信。这非常值得一看！对我来说，这是一件非常了不起的东西。"

"接着我们就到苏洛去，我们遇见爱弥尔。我相信，他看到我们之后会非常高兴，正如我们看到他。他十分和蔼，也很体贴。我们同他一起去参观教堂，那里面有阿卜索伦的坟墓和荷尔堡的棺材。我们看到了古代僧人的刻字，在湖上我们划船到巴尔纳斯去。这是我记忆中最高兴的一个下午。我想，如果世上有一个地方可以写诗的话，这地方一定是苏洛——位于美丽而安静的大自然之中的苏洛。"

"于是在月光下我们向着人们所说的'哲学家漫步处'走去。这是湖边的一条美丽的小径。它和通向'螃蟹酒家'的大道相连结。爱弥尔全程一直陪着我们，与我们一起吃饭。他已经长成一个聪明的美男子了。他答应五天后就回到哥本哈根去，与他的家里人还有我们同住一段时间。的确，圣灵降临节快要到了。在苏洛和'螃蟹酒家'的那些时光，算是我一生中最美丽的回忆。"

"第二天早上我们很早就动身了，因为到罗斯吉尔得去，我们还得走上好长一段路。我们必须按时到达那里才能看见主教堂，在那天晚上爸爸还要去看望一位老同学。这都按原计划做到了。这天晚上我们在罗斯吉尔得过夜。在第二天——但是在吃午饭时——我们才回到哥本哈根，因为这段路程最不好走、最不完整。那时从柯尔索尔到哥本哈根花了我们将近三天的时间。现在同样的路只要三个钟头就够了。"

"这一串珍珠并没有变得比以前昂贵：不过串着这些珍珠的线现在却是又新鲜又奇异。我跟爸爸妈妈在哥本哈根停留了三个星期，而爱弥尔却和我们在一起整整待了十八天。我们回到富恩岛上的时候，他从哥本哈根陪着我们一直到柯尔索尔。在我们没有分开以前，我们就订婚了。所以现在你可以知道，我把哥本哈根到柯尔索尔的这段路也叫作一串珍珠。"

"后来爱弥尔在阿森斯找到了一个工作，于是我们就结婚了。后来我们常常谈起到哥本哈根的那次旅行，而且还打算有机会的话就再去一次。但很快你的母亲就出生了，接着她就有了兄弟和姊妹们了。要照顾和操心的事情实在是太多了。那时父亲升了职，成为一个牧师。当然一切是非常高兴和幸福的。可是我们却再也没有机会到哥本哈根去了。不管我们怎样怀念它和回忆它，我没有再到那儿去过了。现在我都已经太老了，再也没有气力去坐火车旅行了。不过我非常喜欢火车，火车对我来说是一件宝贵东西。有了那火车，你们就可以更快地回到我身边！"

"现在从奥登塞到哥本哈根，并不比在我年轻时从纽堡到哥本哈根远。你可以坐快车到意大利去，花的时间与我们到哥本哈根去差不多哪！

是的，这是一件非常了不起的事情！即使如此，我还是愿意坐下来，看着别人去旅行，让别人来看我。但你们不要因为我坐着不动就笑话我啦！我觉得有一次更了不起的旅行在等着我；跟你们的旅行不同，比起你坐火车还要快。只要上帝愿意，我将会旅行到你们的外祖父那里去。等做完了你们的工作，在这个无比幸福的世界里享受完你们的一生以后，我知道你们也一定会到我们那里去的。孩子，你们可以完完全全相信我，当我们谈起我们活在人间的日子的时候，我也会在那儿说过：‘从哥本哈根到柯尔索尔确实是一串珍珠’！"

幸福的家庭

这个国家里最大的绿叶，要算是牛蒡的叶子了。拿一片放在你的肚皮上，它就像是一条围裙。你把它放在头上，在雨天里它就可以用作一把伞，因为它是那么的宽大。牛蒡从不单独生长。凡是长着一棵牛蒡的地方，你一定可以找到好几株。这是它最可爱的一点，而这一点对于蜗牛说来只不过是食物多了很多。

在旧时代，许多大人物把这些白色的大蜗牛做成"碎肉"①。当他们吃的时候，他们就说："哦，味道真好啊！"他们认为蜗牛的味道很鲜美。这些蜗牛都靠吃牛蒡叶子活着，于是人们才种植牛蒡。

现在仍有一个很古老的公馆，住在里面的人已不再吃蜗牛了。蜗牛都死光了，不过那牛蒡还活着，这植物在小径之中和花畦里长得非常非常茂盛，人们怎么也没有办法阻止它们。这地方简直就成了一个牛蒡森林。要不是这里那里有几株苹果树和梅子树，谁也不会意识到这是一个花园。到处都是牛蒡，在它们中间住着两个蜗牛遗老。

它们不知道它们自己究竟有多大年纪。只不过它们记得十分清楚：它们的种类曾经是很庞大的，而且它们是属于一个从外国迁进来的家族，整个的森林就是为它们和它们的家庭而发展起来的。它们从没离开过家，不过它们听别人说起过，这个世界上还有一个叫作"公馆"的地方。它们在那里面被烹调，然后变成黑色，最后被放在一个银盘子里。不过最终结果是怎样，它们一点也不清楚。此外，它们也想象不出烹调完被盛在银盘子里，究竟是一种什么感觉。那一定很棒，特别排场！它们向小金虫、癞蛤蟆和蚯蚓请教过，但是一点消息也问不出来，因为它们谁也没有被烹调

①　蜗牛在西方是一种上等的名菜。

过或盛在银盘子里。

那一对古老的白蜗牛算是世界上最有身份的人了。它们知道整片森林就是为了它们而存在的，这公馆也是为了使它们能被烹调和放在银盘子里而存在的。

它们过着安宁和温馨的生活。它们自己没有孩子，所以它们就收养了一只普通的小蜗牛。把它作为自己的孩子抚育。不过这小东西长不大，因为它只不过是一只普通的蜗牛而已。但是这对老蜗牛——尤其是蜗牛妈妈——觉得她看出了它在长大。蜗牛爸爸就看不出，她请求他摸摸它的外壳。于是他就摸了一下，他发现妈妈说的话很有道理。

有一天雨下得很大。

"听牛蒡叶子上的声音——咚咚咚！咚咚咚！"蜗牛爸爸说。

"这是我所说的雨滴，"蜗牛妈妈高兴地说，"它沿着梗子滴下来了！你可以看到，这儿马上就会变得潮湿了！我十分高兴，我们有自己的房间，小家伙也有他自己的房子①。我们的优点比任何生物的都多。大家一眼便可以看出，并且我们是这世界上最高贵的物种！我们一生下来就有大房子住，并且这一堆牛蒡林完完全全是为我们而种的——我倒是很想知道它到底有多大，在它的外边还有没有什么别的东西！"

"外边什么别的东西也没有！"蜗牛爸爸这样说，"世界上再也没有比我们现在待的地方更好的地方了。我什么别的想法也没有。"

"对，"妈妈兴奋地说，"其实我倒很想到公馆里被烹调一下，再被放到银盘子里。我们的祖先都是这样，你知道，这是一件光荣的事情呢！"

"公馆也许已经塌毁了，"蜗牛爸爸说，"也许牛蒡已经在它的上面长成了树林，弄得人们连走都走不出来。你不要着急——你老是那么急，连那个小家伙也开始学起你来。你看他这三天不是老往梗子上爬么？我抬头去看看他的时候，头都晕了。"

"请你千万都不要骂他，"蜗牛妈妈说，"他倒是很有把握，他使我们得到许多欢乐。现在已经没有什么别的东西值得我们活下去了，但是，你想过没有，我们在什么地方为他找个太太呢？在这林子的深处，可能会住

---

① 在丹麦文里蜗牛的外壳叫作"房子"（huus）。

有我们的族人，你想过没有？”

“我非常相信那儿住着一些黑蜗牛，”老头儿说，“没有房子的黑蜗牛！他们都是一帮卑贱的东西，还喜欢摆架子。我们可以托蚂蚁去办这件事情，他们一直跑来跑去，好像他们很忙似的。他们肯定能为我们的小少爷找个合适的太太。”

“我认识一位美丽的姑娘！”蚂蚁说，“不过恐怕她不行，因为她是一位皇后！”

“这没关系，”两位老蜗牛说，“她有一幢房子吗？”

“她拥有一座宫殿！”蚂蚁说，“这世上最美丽的蚂蚁宫殿，里面有七百条走廊。”

“谢谢你！”蜗牛妈妈高兴地说，“我们孩子可不能钻进蚂蚁窟的。如果你找不到更好的对象的话，我们也可以托白蚁蚋来办这件事。他们不论天晴下雨都在外面飞来飞去。牛蒡林里里外外，他们都清楚。”

“我们为他找了一个太太，”蚋蚋高兴地说，“离这儿不过一百步路的地方，一个有房子的小母蜗牛住在醋栗丛上。她很寂寞，她已经够了结婚年龄。她住的地方离这儿只不过一百步远！”

“是的，那让她来找他吧，”这对老夫妇中肯地说，“这孩子拥有整个的牛蒡林，而她只不过拥有一个小醋栗丛！”

这样，它们就去请那位小蜗牛姑娘过来。她足足走了八天才到来，但这是一种很难得的现象，这说明她是一个很认真的女子。

于是它们就举行婚礼了。六个萤火虫努力地发出光来照着。除此以外的一切是非常宁静的，因为这对老蜗牛夫妇不喜欢大吵大闹。不过蜗牛妈妈发表了一篇非常动人的演说。蜗牛爸爸一句话也说不出来，因为他被深深地感动了。于是它们把整座牛蒡林送给这对年轻夫妇，作为嫁妆；同时它们说了一大堆它们常常说过的话，那就是——这是世界上最好的一块地方，如果他们正经地、正常地生活和繁殖下去的话，它们的孩子们将来就应该到那个公馆里去，以便被煮得漆黑、放在银盘子上面。

这番演说完了以后，这对老夫妇就钻进它们的房子里去，再也不出来了。它们永远地睡着了。

年轻的蜗牛夫妇现在拥有了这整座森林，同时生了一大堆孩子。只不过它们从来没有被烹调过，也并没有到银盘子里去过。因此它们就得出了一个结论，于是就认为那个公馆已经塌陷了，所有人类都已经死去了。谁也没有反对他们的这种想法，因此它们的想法一定是对的。雨点打在牛蒡叶上，为它们而发出咚咚的音乐来。太阳为了它们而发出亮光，给这牛蒡林增添了不少光彩。就这样。它们过得十分幸福——整个的家庭是幸福的，那是一种说不出的幸福！

老路灯

　　你听说过老路灯的故事吗？它不算足够吸引人，但你也不妨听一听。那是一盏最令人可敬的老路灯，已经服务了许多年了，现在它衰老得已经马上就要退休了。今天晚上是它最后一次在比它还要年长的路灯杆上照亮这条路了。它此刻的心情很像剧院里年老色衰的女舞蹈演员，在得知这是自己最后一次舞蹈演出时，并明白自己演完这一场就要永远地待在她自己的顶楼上，从此孤零零地度过她的后半生并渐渐地被人们忘掉，心里的那份落寞孤寂可想而知。老路灯对明天心里非常地焦虑，因为它很明白，明天是它有生以来第一次到市政厅去，由市长和政务委员们审查自己，决定它是否适合于继续为社会服务，或者它会继续为城市居民区里的居民们服务，或者就被运到乡下某家工厂去，要是这两项都没有通过，它就只有被送进铸铁厂熔化掉了。如果被熔化掉，它也许还可能被其他有用的东西继续循环再利用，它十分难过，到那时它是否还会被记得曾是一盏在街道服务了很多年、受人尊敬的老路灯？这使它感到非常的痛苦。无论发生什么事，有一件事情是肯定的，它不得不跟守夜的夫妇分开了，因为它一直把这家人当自己的家人一样看待。老路灯第一次被挂上去的当天晚上，守夜人当时还是个年轻力壮、十分精明能干的小伙子，他和老路灯一样刚刚开始作为一名新人为这里服务。它成了路灯，而他当上了守夜人，说起来都是年头很久远的事情了。守夜人的妻子当年还有点骄傲，难得她赏脸朝路灯这儿瞥上一眼，而除了晚上走过街道时会这么做以外，白天是根本不大可能的。可是这些年来，他们——守夜人夫妇和这盏老路灯都已经上了年纪了，他们照顾它，为它擦洗身子，给它加油。这两位老人家十分忠厚老实，供应给路灯享用的油却从没有任何的贪念。

　　今天晚上是老路灯最后一次为这条街道服务了，第二天它就得去市政厅了——这是两件一想起来就让人十分难过的事情。今晚它燃烧得不怎么亮也就不足为奇了。许多没头没脑的念头涌上了它的心头。以前，有多少过路人被它照亮过回家的路途，它也因此而看到并见证过许多事情！甚至连市长那些父母官们也没有它对这个城市这么了如指掌！但是所有的这些念头它一个也没有说出来。它是一盏善良、忠厚、老实的老路灯，它不想责怪哪个人，尤其那些当权的人。由于心中回想起许多昔日的往事，它发出的灯光突然间变得亮了起来。只有在这时候，它确信它才会被别人铭刻在心的。"有一次，一个英俊的小伙子，"它回想着，很肯定地说，"那是很久以前了，可我还记得他有一张带金边的粉红色小纸条，字迹清秀，显而易见那纸条出自一名小姐之手。他将字条从头到尾读了两遍，亲亲它，然后抬头看了看我，那双大眼睛分明是在说：'我是全世界最幸福的人啊！'而这一切只有他和我自己最清楚，在他那位心怡神往的小姐第一封信中写着什么来着，啊，对了，我记得还有另一双眼睛——真是奇怪啊，为什么会从一件事突然一下子跳到另一件事呢！"老路灯回想着。一支送葬的队伍在街上走过。一位年轻貌美的女子躺在棺材里，周围铺着花圈，伴随着火把前行，这些火把比老路灯的光要亮许多。每家房子里都有人出来看热闹，站满了整条街道，一群一群的，打算加入这送葬的行列。可当那些火把在老路灯面前经过时，它才仔细看清楚了，它看到有一个人靠在它的路灯杆旁，孤零零地在那儿伤心哭泣。老路灯永远也忘不了那双抬起头看着它的悲伤眼神。老路灯的光亮最后一次照耀的时候，它满脑子都是充斥着如此之类的昔日记忆。下了岗的哨兵至少还知道谁要来接他的班，可以对接班的人轻声嘱托几句话，可老路灯连自己的接班人是谁都不知道，不然的话也可以给它指点一下雨和雾的事情，告诉它月光在人行道上能照多远，通常风是往哪儿吹的，等等。

　　水渠上面的桥上有三种事物曾经向老路灯毛遂自荐过，因为它们很想当老路灯的接班人。第一个是鲱鱼头，它在晚上有会发光的本事。它说要是把它安装在路灯杆上，可以省掉老路灯每天所必需耗费的灯油。第二个是一根烂木头，它在黑暗中也会发光。它自称自己是来自一根昔日是森林骄傲之子的古树干。第三个是一只萤火虫，它怎么到这里来的，连老路灯这般年纪见多识广的人都无法想象得到，可它确实来到了这里，也确实和其他两个一样有能发光的本领。但是烂木头和鲱鱼头非常庄严地发誓说，萤火虫只是在特定的时候才发光，萤火虫绝对没有和它们竞争的实力。老路灯认真地对它们说，它们中间谁也没有一个可以发出充足的光亮来取代一盏路灯的作用，但它们却对老路灯的话置若罔闻。等到它们弄明白了老路灯并没有资格指定它的继承者时，它们就更加得意忘形了，认为这是因为老路灯太过老朽了，以至于不能做出任何理智的判断。

　　恰好在这个时候，风呼呼地从街角吹了过来，吹入老路灯的气孔，带来对它临行前的祝福。"您明天就要退休并永远离开这里啦！今晚可能是咱们最后一次见面了，在您走之前我要送您一样特殊的礼物。我要将和风吹进您的大脑，这样您以后不但能够永远不会忘记您大脑中残存的所有记忆，而且您内心世界的光将永远明亮，将来在您面前所发生的一切您都可以拨云见日了。"

　　"噢，那真是一份很难得的礼物啊，"老路灯说，"我真诚地感谢你。只要他们不把我熔化掉，我就心满意足了啊。"

　　"也许还不会的，"风说，"我还要将美好的记忆吹进您的脑际，如此这般，要是类似的小礼物再多上几件，您就可以愉快地度过您的余生了。"

　　"如果我不被熔化，那当然是最好不过了，"老路灯说。"可万一我不幸被选中了要熔化掉，我还能依然保持我的美好记忆吗？"

　　"要想开一些，老人家。"风说着吹起来了。

　　这时候月亮也从云朵中露出那银盘般明亮的脸。"您送给老路灯什么呢？"风问道。

　　"我没有什么东西要送的，"月亮回答说，"在我月缺的时候，我常常用光照射着灯，然而灯没有给过我任何回报。"月亮说着就躲到云背后去了，如此就不会再有人问它还有什么礼物了。就在这时，屋顶上有一滴水落在了老路灯身上，可那滴水解释说，它是那些乌云送来的礼物，说不定是老路灯所有礼物之中最合适不过的一件。"我将完全渗透你，"它说，"使你具有生锈的力量，你想啊，你能够在一瞬间化作尘土，回归大自然那多好啊。"

　　可老路灯和风都觉得这是很不好的礼物。"没有谁再送礼物了吗？没有谁再送礼物了吗？"风呼呼地扯着嗓子呼啸着，这时候一颗非常耀眼的流星落了下来，在天空中留下一道明亮的足迹。

"那是什么呢？"鲱鱼头问道，"该不会是有一颗星星落下来了吧？我敢肯定地说它落进老路灯里面去了。很明显，连星星这样出身高贵的人也来和我们竞争这个职位了，我们还是乖乖地说声'晚安'回家去吧。"

它们三个也像鲱鱼头那样知趣而退了，而老路灯却在它的周围放射出惊人的强光来。

"这是一件非常好的礼物啊，"它说，"闪亮的星星历来都是我心中的快乐，即使我用尽所有的力气发出的光也没有它的亮啊，现在它们留意到了我，一盏可怜的老路灯，还送给我这么一件珍贵的礼物，使我能清楚地看到每一件事情，每一种东西，就像它们被重新擦洗过一样，真正的快乐无过于此啊，毕竟不能和别人分享的快乐不能算是真正的快乐。"

"这种想法会让您受到他人的尊敬的，"风说，"可是为了达到这个目的，您必须依赖蜡烛啊。要是不在您的身子里面点上蜡烛，您无论如何也不能照亮别人啊。星星没有留意到这一点，它们觉得你们这些会发光的东西都一定是支蜡烛，现在我要去歇一会儿了。"说完它休息去了。

"蜡烛，嗯，确实这样啊！"老路灯说，"我到现在从来没有过这种东西，看来以后也不会再有了。我只要能肯定自己不被熔化就可以啦！"

第二天，对了，也许我们应该最好不要去想第二天的事情，把它直接跳过去吧，到了夜里，老路灯已经躺在了一把老旧的椅子上，你能想象得到这是什么地方吗？哈哈，这是在老守夜人的家里。他正在请求市长跟市政委员们开开恩，看在他长期踏实工作的份儿上，能把这盏老路灯留给他做个纪念，从他四十二年前成为守夜人的第一天起，他每天晚上都要亲手将它挂起来点亮。他就像照顾自己的孩子一样照顾着这盏老路灯，他没有自己的孩子，孤苦伶仃的，市长看他年事已高，就同意把老路灯留给他做纪念了。现在老路灯躺在了扶手椅上，背靠着温暖的火炉。它仿佛变得大了许多，因为它看上去撑满了整把椅子。老夫妇俩坐在旁边正在吃晚饭，不时深情地看着老路灯，他们甚至有想让老路灯坐上饭桌和他们共进晚餐的念头。守夜人夫妇的房子是间不起眼的地下室，比地面足足低了两码，要穿过一条石头过道才能找到他们的房间，但房间里却是那么的温暖和舒服，门四周钉着保暖的布条。床沿边一扇小窗子挂着帘子，一切都是那么的清洁整齐。窗台上放着两个花盆，里面栽种着两种花卉，这两种花在这个地方并不多见，它们是由一个叫克里斯蒂安的水手从东印度带回来的。花盆是两只陶制的象，象背上是个大空洞，在里面填满的泥土上插着那些花，其中一只盆里栽种着像葱一样的花束，被守夜的夫妇俩戏称为他们自己的菜园；另一只盆种着漂亮的天竺葵，他们称它是他们的花园。家里的墙上挂着一件非常大的钟，它有着沉重的钟摆，很有规律的"滴答，滴答"地响着。可它总是走得比较快一些，但老夫妇却总认为这总比走得慢要好些。他们现在吃着晚饭，而老路灯躺在那把靠近火炉旁的陈旧的扶手椅上，它感觉好像整个世界都颠倒过来了。过了中刻，守夜人看着老路灯，语重心长地讲述着他们两个曾经一同走过的日子——在雨雪云雾中，在简短而又明亮的夏夜和漫长冬夜里，而此刻他只想待在自己的家里。这时候老路灯的心情也非常的平静安逸，它似乎重新看到了过去发生的一切，而这些事情又仿佛发生在昨天。风确实送给了它一份非同寻常的好礼物。守夜人夫妇俩勤劳得一分一秒都不闲着。周日下午他们俩会拿出一本书，通常是游记之类的，这是他们俩都非常喜欢的。老头儿大声地朗读着非洲的故事，非洲的大森林、野象，甚至维也纳会议——英国、普鲁士、俄国、奥地利等国为终结拿破仑的战争，重建封建的王朝统治，于1814—1815年召开了这个对全世界有着深远影响的会议。妻子静静地听着，不时地瞥一眼当花盆用的那两只陶制的象。

"我可以想象得到你说的这一切，"她说，这时候老路灯是多么地希望它里面能点着一支小蜡烛啊，这样一来老太太就能够像自己那样详细地看到每件事物最细微的地方了啊，像树枝纷繁交叉的高大树木啦，骑在马背上的裸身黑人啦，或是用自己宽大厚重的大脚踩倒竹丛成群结队的大象啦。

"没有蜡烛帮忙，即使我有天大的本领，又有什么用呢，"老路灯唉声叹气地说。守夜人家里有许多不能用的食油和油脂，有一天地下室里又弄来了一大堆没用的蜡烛头，足够的蜡烛头用来继续点燃，老太太还有些剩下的细线可以用，即使守夜人家里蜡烛再多，可谁也没有想到在灯里放一支。

"现在我空有一身本领无法施展啊！"老路灯忧伤地想，"他们不知道我可以把这些白墙蒙上美丽的挂毯，或把它们变成宏伟的森林，或变成老夫妇俩所希望得到的任何东西。"老路灯总是被擦得干干净净的，闪闪发光，虽然在角落里仍能吸引每一个人的眼球。外人把它看得一文不值，老夫妇却不在意，他们俩发自内心地喜欢它。过了些日子，守夜人的生日到了，老太太将灯拿了出来，微笑着说："今天我要将灯点亮来庆贺我老头儿的生日。"老路灯在铁皮框子里格格作响，"现在我又可以发出光了啊。"但老太太仍然没有把蜡烛放到灯里，而是还像以前那样往路灯里注满了油。老路灯工作了一个晚上，终于认识到，星星的礼物只能当作宝贝，而且只能是一辈子珍藏在心底的宝贝。然后它做了一个梦——对于一个有本领的事物来说，做梦也是一件轻而易举的事。它梦见老夫妇都死了，它也最终被送进了铸铁所熔化掉。这与被送到市政厅去见市长和政务委员们那天的感觉是一样的。尽管它被赋予了生锈化为灰尘的法力，可到现在为止它还没使用过这种神奇之力。最后它被投进了熔炉，做成了一个插蜡烛用的铁烛台，它的美谁都无法想象。烛台的外表看来就像是一位天使拿着一束鲜花，花束的中心还能放蜡烛。烛台被放到一个房间的一张绿色写字台上，四周放着许多书，墙上还挂着精美的油画。房子的主人是个诗人，一个十分有才华的人，他思考的和写出的每一件奇异古怪的作品，都能在他周围栩栩如生地呈现出来。大自然在他面前有时变成阴暗的森林，有时变成为鹳鸟昂首漫步的广袤草原，有时候变成波涛汹涌的海面上航行的轮船甲板，或者是蔚蓝晴朗的天空，繁星闪烁的夜晚。"天啊！我拥有的本领会是什么样的啊！"老路灯说着从梦中醒来，"我简直想现在就被熔化掉，做成那漂亮的烛台，但这样一来老夫妇的日子就不好过了。他们那样地照顾我，对我体贴入微。他们总是把我擦得亮亮的，为我加油。我在这个世界上的存在和那幅在维也纳会议上的油画同样珍贵，守夜人夫妇俩也从中得到了很大乐趣。"此刻它的内心平静了许多，这就是一盏老实忠厚的老路灯应该享有的吧。

接骨木树妈妈

　　从前有一个很小的小孩子，他因伤风病倒了。他到外面去，脚全被水打湿了。谁也不知道是怎样打湿的，天气很干燥。现在妈妈把他的衣服脱掉，送他上床去睡觉，叫人把水壶拿进来，为他泡了一杯很香的接骨木茶，茶叶可以使人感到温暖。这时，有一个有趣的老人走到门口。他一个人住在这屋子的最高一层，十分孤独寂寞。他没有老婆，也没有孩子，然而他却非常非常喜欢小孩儿，而且了解很多童话和故事。听他讲故事是很令人高兴的。

　　"现在你得喝茶，"母亲说，"然后你才能听一个故事。"

　　"哎！我希望我能讲出一个新的故事来！"老人温和地说，和善地点了点头，"不过这小家伙是在哪里把他的脚弄湿的呢？"他不解地问。

　　"是啊，在哪里呢？"妈妈说，"谁也想象不出来。"

　　"给我讲一个童话吧！"孩子这样问。

　　"好，不过我得先知道一件事情：你能不能实话告诉我，你上学时经过的那条街，它的沟有多深。"

　　"如果我把脚伸到那条最深的沟里去，"孩子如实回答说，"那水恰恰淹没我的小腿。"

　　"你看，我们的脚就是这样被打湿了的，"老人说，"现在我的确应该讲一个童话给你听了，但是，我的童话都讲完了。"

　　"你可以马上编一个出来的，"小孩说，"妈妈说，你能把你看到的所有东西都编成童话，你也能把你摸过的所有东西都讲成故事。"

　　"不错，不过这些童话和故事算不了什么的！真正的故事是自己走来的。它们敲击着我的前额，大声地说：'我来了'！"

　　"它们会不会马上就来敲一下呢？"小孩问。妈妈大笑了一声，把接骨木茶叶放进茶壶里，然后把开水倒进去。

"讲呀！讲呀！"

"会啊，如果童话自己来了的话。不过这类东西是架子很大的，它只有心情好的时候才会来——等着吧！"他突然叫出声来："它现在来了。看吧，它现在就待在茶壶里面。"

于是孩子向茶壶望过去。茶壶盖慢慢地被顶起来了，好几朵接骨木花，又白又新鲜，从茶壶里冒出来了。又粗又长的枝丫，从茶壶嘴向四面展开，越伸展越宽，长成一个美丽的接骨木丛——事实上是一棵完完整整的树。这树甚至伸展到床上来，把帐幔分向两边。它多么香，它的花开得多么茂盛啊！在这棵树的中央坐着一个和蔼的老太婆。她穿着奇奇怪怪的服装——它与接骨木叶子一样，绿色的，还缀有大朵的白色接骨木花。第一眼谁也分辨不出来，这衣服究竟是布做的呢，还是活的绿叶和花朵。

"这个老太婆叫什么名字？"小孩问。

老人回答说："罗马人和希腊人把她尊称为树仙。不过我们不懂这一套，住在水手区的人们替她取了一个更好的名字。他们把她叫为'接骨木妈妈'。你应该在意的就是她，现在你注意倾听和看着这棵美丽的接骨木树吧。"

"水手住宅区里就有这么一棵开着花的大接骨木树。它生长在一个简陋小院的小角落里。一天下午，太阳照得非常炽热的时候，有两个老人坐在这棵树下休息。他们一个是很老的水手，一个是他很老的妻子。他们都已经是曾祖父母了；不久之后他们就要庆祝他们的金婚①。但是他们记不清日期。接骨木妈妈坐在树上，看起来很高兴，正如她在这儿一样。'我知道金婚节是在哪一天。'她说。但是他们并没有听到——他们在谈着他们过去的日子。"

"是的，"老水手说，"你还记得吗，在我们小的时候，我们经常在一起跑来跑去，一起玩耍！正是在这个院子里，我们正坐着的这个院子里。我们在这里面栽过许多树苗，把它变成一个花园。"

"是的，"老太婆回答说，"我记得非常清楚：我们在那些树枝上浇过

---

①　非洲人的风俗，结婚五十周年纪念日叫作"金婚节"。

水，它们之中有一根是接骨木树枝。这根树枝生了根，发了绿芽，变成了现在这样一棵大树——我们现在就在它的下面坐着。"

"没错，"他说，"在角落里有一个水盆，我把我的船放在那上面让它飘浮着——我自己剪的一只纸船。它航行得真好！但是不久之后我自己也航行起来了，只不过方式不同。"

"是的，我们先去了学校，学了一点东西，"她说，"接着我们就接受了坚信礼①，我们两个人就都哭起来了。不过下午我们就手挽着手爬到圆塔上去，我们凝望了哥本哈根和大海之外的这个广大世界好一会儿。之后我们又到佛列得里克斯堡公园②去——国王和皇后经常在这运河上驾着他们华丽的船去航行。"

"后来我用另一种方式去航行，并且一去就是好几年，而且都是很辽远的长途航行。"

"对，我常常想你想到哭起来，"她说，"我还以为你死了，不在了，躺在深水底下，在跟波浪嬉戏。该有多少个夜，我爬起来，去看风信鸡是不是在转动。它转动起来了，但是你并没有回来。我记得很清楚，有一天，雨是下得多么大！那个收垃圾的人到我主人的门口，我提着垃圾桶走下去，到门口那儿的时候我就站着一动不动。——天气是多么糟糕啊！我站着的时候，邮递员走到我的身边来了，交给我一封信。是你写来的信！这封信该是旅行了多少地方啊！我马上把它撕开，我念着。我笑着，我哭着，我是多么高兴呀。我那时明白了，你生活在一个出产咖啡豆的温暖国度里。那一定是一个非常非常美丽的国度！你信上写了许多件事情，我在倾盆大雨的时候读它，站在一个垃圾桶旁边读它。在这时候有一个人，他突然用双手把我的腰抱住！"

"一点也不错，之后你就结结实实地给了他一记耳光——一记很响亮的耳光。"

"我不知道那人就是你啦。你跟你的信来得是一样地快。那时你是一

---

① 在基督教中，一个小孩子到了十四五岁、能懂事的时候，必须再受一次洗礼——坚信礼，以加强他对宗教的信心。一个小孩子受了这次洗礼以后，就算已经成人，可以自立谋生了。
② 这是哥本哈根的一个大公园。

个美男子——现在还是这样。你口袋里装着一条丝织的长手帕，你头上戴着光亮的帽子。你是那么英俊！天啊，那时的天气真坏，街上真难看！"

"之后我们就结婚了，"他说，"你还记得吗？接着我们就有了第一个孩子，接着玛莉，接着尼尔斯，接着比得和汉斯·克利斯仙都出生了。"

"他们长得多么好啊，成为大家所宠爱的、善良的人！"

"于是孩子们又生了他们自己的孩子，"老水手说，"是的，那些都是孩子们的孩子！他们也都长得非常好。如果我没记错的话，正是在这个季节里我们结婚的。"

"是的，今天是你们的结婚纪念日啊，"接骨木妈妈高兴地说，同时把她的头伸到两个老人的中间来。他们还以为这是隔壁的太太在向他们点头示意呢。他们对望了一眼，同时相互紧紧地握着手。不一会儿，他们的儿子和孙子们都来了，他们都知道这是金婚纪念日。他们早晨就已经来祝贺过，不过这对老夫妇却把这日期忘记了，虽然多少年前发生的所有事情，他们都还能记得十分清楚。接骨木树散发出强烈的香气。下落的夕阳把阳光照在这对老夫妇的脸上，弄得他们的双颊都泛出一阵红晕来。他们最小的孙子围着他们跳舞，兴高采烈地拍手叫着，今晚将有一个宴会——那时他们将都会吃到热烘烘的烤山芋！接骨木妈妈在树上点点头，跟大家一起喊着："好！"

"不过这并不是一个童话啊！"小孩听完了说。

"唔，如果你能听懂它的话，"讲这段故事的老人说，"不过让我来听听接骨木树妈妈怎么说吧。"

"这并不是一个童话，"接骨木妈妈说，"但现在它来了。最离奇的童话是从真实的生活里产生的，否则我美丽的接骨木树丛就不会从茶壶中冒出来了。"

她把这孩子从床上抱下来，把他搂到自己的怀里，开满了花的接骨木树枝合拢来，使他们好像坐在浓郁的树荫里一样，这片树荫带着他们在空中飞行。这真是一种说不出的美妙，接骨木妈妈突然变成了一个漂亮的少女，不过她穿的衣服仍跟接骨木树妈妈穿的一样，是用缀着白花的绿色料子做成的。她的胸前戴有一朵真正的接骨木花，她黄色的鬈发戴上有接骨木花朵所做成的花环，她的一双眼睛又大又蓝。啊，她该是多么美丽。

啊！她和这个男孩互相亲吻着，他们现在是同样的年纪，感觉到同样的快乐。

他们手挽着手走出了这片绿荫。他们现在是在家里的美丽的花园里面。爸爸的木手杖是系在新鲜草坪旁边的一根木柱上的。在孩子的眼中，它是有生命的。他们一骑到它上面，它光亮的头便变成了一个美丽的嘶鸣的马首，它披着长长的黑色马鬃，它还长出了四条修长而结实的腿。这牲口是既健壮而又有精气神的。他们骑着它沿着这草坪驰骋——真叫人羡慕！

"现在我们要到许多许多公里以外的地方去，"这孩子说，"我们要到一位贵族的庄园里去！我们去年去过那儿。"

他们不停地绕着这个草坪驰骋。那个小女孩子，我们知道其实她就是接骨木妈妈在不停地叫着：

"我们来到乡下了！你就看到那种田人的房子吗？那个大面包炉，从墙壁凸出来，看起来像路旁的一只庞大的蛋。接骨木树在这屋子上伸展着它的枝叶，公鸡走来走去，为它的母鸡扒土。你看它那昂首阔步的神气劲儿！我们快要到教堂附近了。它高高地屹立在一座山丘上，在一丛橡树中，其中有一株已经死掉了。我们来到了熔铁炉边，火在熊熊地烧，赤膊的人在挥着锤子打铁，火星迸发。去啊，去啊，到那位贵族的奢华的庄园里去啊！"

那个坐在手杖后面的小姑娘所讲的事情，都在他们眼前展现了。虽然他们只不过是在绕着一个草坪兜圈子，这男孩子却能把这些东西都看得清清楚楚。他们在路上玩耍，同时在地上划出一个小小的花园来。她从她的头发上拿出接骨木树的花朵，把它们栽下，之后它们就长大起来了，像那对老年夫妇在水手住宅区里所栽过的树一样，这事我们已经讲过了。他们手挽手走着，完全像那对老年夫妇儿时的时候一样，不过他们既不是走上圆塔，也不是走向佛列得里克斯堡公园里去。不是的，这小女孩子揽着这男孩子的腰，他们在整个丹麦上空飞来飞去。

那时是春天，接着夏天到来了，然后是秋天，最后冬天也到来了。成千上万的景物映在这孩子的眼里和孩子的心上，小姑娘不停地对他唱。

"这些东西是你永远也忘不了的！"他们整个飞行的过程之中，接骨木树一直散发着甜蜜和芬芳的香味，他闻到了玫瑰花和新鲜的山毛榉的味道，可是接骨木树的香气比它们还要新鲜，因为它的花就悬在这小女孩子的胸口，当他们飞行的时候，他就经常把头靠在这花朵旁边。

"这儿的春天是多么美丽啊！"小姑娘说。

他们站在长满了新叶的山毛榉林里，绿绿的车叶草在他们脚下散发着香气，淡红的秋牡丹在这一大片绿色中显得格外艳丽。

"啊，但愿春天永远留在这充满芬芳的丹麦山毛榉林中！"

"这儿的夏天是多么美丽啊！"她说。

于是他们走过骑士时代的那些古宫。那些古宫的红墙和锯齿形的山倒映在小河的流水上——这儿有很多天鹅在游水，瞭望那古老的林荫大道，田野里的小麦泛起了一层一层波浪，好像这就是一个小麦的大海似的。田沟中长满了黄色以及红色的野花，篱笆上长着野蛇麻①和盛开的牵牛花。月亮在黄昏时向上升起，又圆又大。草坪上的干草堆散发出甜甜的香气。"人们永远也不会忘记这些东西！"

"这儿的秋天是多么美丽啊！"小姑娘幸福地说。

于是天空显得比以前更加的高远，更加的蔚蓝，树林染上了最鲜艳的红色、黄色和绿色。猎犬在相互追逐着；雁儿从远古的土坟上面飞过，发出凄凉的叫声；荆棘丛在古墓碑上缠绕成一团。海是蔚蓝色的，上面点缀着一些白帆。老太婆、少女和小孩坐在打麦场中，把蛇麻的果子摘下来扔进了一只大筐里。这时年轻人唱着山歌，老人讲着关于小鬼以及妖精的童话。什么地方也没有这儿好。

"这儿的冬天是多么美丽啊！"小姑娘说。

于是所有的树上全覆盖了白霜，看起来都像白色的珊瑚。雪在人们的脚下发出吱吱的声音，好像人们全穿上了新靴子。陨星就一个接着一个从天上坠落下来。在屋子里，圣诞树上的灯全都亮起来了。这儿有礼品，有欢乐。在乡下，农人的屋子里奏起了小提琴，人们在玩着抢苹果的游戏，连最穷苦的孩子都在说："冬天是十分美丽的！"

---

① 蛇麻（Humle）是一种豆类的植物，它的果实在欧洲是制造啤酒的重要原料。

　　是的，冬天是美丽的。小姑娘把每件东西都指给孩子看，接骨木树仍然在发出香气，画有白十字架的红旗①在飘动着，住在水手区的那个老水手就是在这个旗帜下外出去航海的。这个小孩子长成了一个年轻人，他必须得走到广大的世界里去，到远方的生长着咖啡的那些热带的国度中去。在离别的时候，小姑娘把她一直戴在胸前的那朵接骨木花夺下来，送给他留作纪念。它被夹在一本赞美诗集里。在国外，每当他一翻开这本诗集时，他总是会翻到这朵纪念花。这朵花他看得越久，它就越发显得新鲜，他也好像觉得自己呼吸到了丹麦树林的新鲜空气。这时他就清楚地看到，那个小姑娘正在花瓣之间用她那明朗的蓝眼睛向外面凝望。于是她低声地说："这儿的春天、夏天、秋天和冬天是多么美丽啊！"于是成千成百的画面，就在他的思想中漂浮过去了。

　　就这样，很多年过去了，现在他成了一个老头儿，跟他年老的妻子坐在开满了花的树下：他们两人紧握着手，正如以前住在水手区的曾祖母和曾祖父一样。他们，也像这对祖宗一样，谈论着他们过去的日子，谈论着金婚节。这位有一对蓝眼珠的、头上戴着接骨木花的姑娘，坐在树上，向这对老夫妇点点头，说："今天是你们的金婚节哪！"于是她从她的花环上摘下两朵花，吻了它们一下。它们放射出光芒来，起先，像银子，然后像金子。当她把它们戴到这对老夫妇的头上的时候，每朵花就变成了一个金闪闪的王冠。他们坐在那株散发着香气的树下，好像国王和皇后。这树完全像一株接骨木树。他给他年老的妻子讲关于接骨木树妈妈的故事，他把他儿时从别人那儿听到的故事全都讲出来了。他们感到这故事有许多地方就像他们自己的生活，而这些相似的部分就是他们最喜欢的部分。

　　"真的，的确是这样！"坐在树枝上的那个小姑娘说，"有人把我叫作接骨木妈妈，有人把我叫作树神，但我真正的名字是'回忆'。我就在树里，不停地生长。我能够回忆过去，能讲出过去的故事。让我看看，你是不是还留着你的那朵花。"

　　老头儿翻开他的诗集，那朵接骨木花仍夹在里面，非常鲜活，好像刚放进去似的。就这样，"回忆"姑娘点点头。头戴金色王冠的老夫妻坐在

———————————

　①　这就是丹麦的国旗。

红色的斜阳的余晖下，闭上他们的眼睛，于是这样，童话就完了。

躺在床上的小孩子，不知道自己在做梦呢，还是真的有人对他讲了这个童话。茶壶仍然摆放在桌上，但并没有接骨木树从它里面生长出来。讲这个童话的那个老人正向门外走去，事实上他已经走出去了。

"多么美啊！"小孩子兴奋地说，"妈妈，我刚才到热带的国度里去过一趟！"

"是的，我相信你是真的去过！"妈妈回答说，"当你喝了满满两杯滚热的接骨木茶的时候，你是很容易就会走到热带国度里去的！"于是妈妈给他盖好被子，免得他受了寒气。"当我跟他争论着那究竟是一个故事还是一个童话时，你睡得香极了。"

"那接骨木妈妈到底在哪里呢？"小孩子问。

"她就在茶壶里面，"妈妈回答说，"而且她可以在那里面永远地待下去！"